함머클라비어

Hammerklavier
by Yasmina Reza

함머클라비어

야스미나 레자 | 김남주 옮김

mu∫intree
뮤진트리

Cet ouvrage a bénéficié du soutien des Programmes d'aide à la publication de l'Institut français.

이 책은 프랑스문화진흥국의 출판 번역 지원 프로그램의 도움으로 출간되었습니다.

일러두기 —————————————————————————————————

- 이 책은 Yamina Reza의 《Hammerklavier》(Albin Michel, 1997)를 우리말로 옮긴 것이다.
- 이 책의 모든 주석은 옮긴이 주다. 설명이 긴 것은 각주로, 짧은 것은 팔호로 처리하고 '— 옮긴이'라고 표기했다.
- 책 제목은 《 》로, 잡지, 음악, 희곡 제목은 〈 〉로 표기했다.

//

//

//

이 책을 모이라에게 바친다.

// 차례 //

어떤 꿈

//

//

//

어느 날 이런 꿈을 꾸었다. 돌아가신 아버지가 나를 보러 오셨다.

"그래, 요즘 어떠셔요? 베토벤은 만나보셨어요?" 내가 아버지에게 물었다.

아버지는 얼굴을 찌푸리시더니 환멸과 서글픔에 찬 표정으로 고개를 내저으셨다.

"아이고 맙소사! 끔찍한 만남이었다!"

"어땠는데요?"

"불유쾌하기 짝이 없었어. 몹시 불쾌했다."

"도대체 어땠는데요, 아빠?"

"난 그를 얼싸안을 만반의 채비를 하고 그에게 걸어갔단 말이다. 그런데 그가 나에게 뭐라고 했는지 아니?" 다음은 아버지가 내게 해준 말이다.

'어떻게 당신은 감히 내 〈함머클라비어〉의 아다지오 부분을 그렇게 엉망으로 칠 수 있었소! 어떻게 당신은 한 순간이라도 자신이 함머클라비어의 한 소절을 연주할 수 있다고 생각할 수 있었소?'

'용서하십시오, 선생님. 그런데 전 선생님께서 지금쯤은 그런 걸 모두 초월하셨을 거라고 생각했는데요….' 아버지가 베토벤에게 대답했다.

'맙소사! 죽는 것과 지혜로워지는 게 무슨 상관이오!' 베토벤이 고함치듯 말했다.

함머클라비어

일그러진 함머클라비어

//

//

//

어느 날 내가 아버지에게 말한다. "그런데요, 내가 걸작 중의 걸작이라고 생각하는 작품이 있어요."

"말해보렴."

"〈함머클라비어〉 아다지오 부분이에요."

"걸작이고말고!"

그 말을 하는 품새로 미루어 나는 아버지가 그 일을 즉각 잊어버릴 거라고 여긴다.

며칠이 지난다.

아버지가 내게 말한다. "난 〈함머클라비어〉를 다시 들어보았다. 정말 걸작 중의 걸작이더구나. 네 나이에 그걸 알아보다니 훌륭한걸."

아버지는 내게 종종 "네 나이에 그렇다니 훌륭한걸" 하는 식으로 말씀하신다. 아버지에게 나는 언제나 어린아이인 것이다.

"그런데 말이다, 넌 그 악장의 연주도 잘할 수 있을 거다."

"불가능할 걸요."

"어렵지 않아."

"어려워요. 아주 어려워요, 아빠."

"내겐 그렇지 않다. 나는 그 악장을 아무 문제없이 연주할 수 있어."

아버지는 베토벤 소나타 29번 작품번호 106의 아다지오 부분을 남모르게 연습하는 일에 착수한다.

나는 종종 아버지에게 질문을 던진다. "그런데 〈함머클라비어〉 연주는 잘 되어 가세요?"

"기가 막히지!"

"언제 제게 연주해 주실래요?"

"꿈 깨라."

아버지와 나는 피아노 앞에서 일종의 경쟁 관계이자 좋은 친구다. 우리는 종종 서로 다른 선생들에게서 같은 곡을 배운다. 아버지는 당신 선생에게 배운 것들을 내게 빠짐없이 알려주고, 나는 궁극의 실체를 배웠다는 느낌이 들면 아버지에게 알려주고 싶어서 조바심을 친다.

그렇게 여러 달이 지난다. 아버지의 건강은 점점 나빠지지만, 〈함머클라비어〉 연습은 계속된다. 하지만 얼마 지나지 않아 아버지는 연습을 중단한다. 자리에서 몸을 일으키거나 집중해서 뭔가를 읽으려면 몹시 고통스러운 노력을 기울여야 하기 때문이다.

임종이 가까운 어느 날 저녁, 침대에 누워 계신 아버지에게 내가 말한다. "아버지가 제게 〈함머클라비어〉의 아다지오 부분을 연주해 주시면 정말 기쁘겠어요."

"듣고 싶니?" 아버지가 나를 바라보더니 이불을 걷어낸
다. 흰색 잠옷 차림으로 실내화를 신는다. 우리는 흥분과
엄숙함에 싸여 복도로 나선다.

아버지가 피아노 앞에 앉는다. 스탠드의 빛 세기를 조절
하고 악보를 펼치고 안경을 찾아 낀다. 그 의식에는 긴 시
간이 걸린다. 체스 탁자 앞에 놓인 안락의자에 걸터앉아
있는 나로서는 그런 일에 시간이 오래 걸리는 것이 다행스
럽게 여겨진다.

"너도 알겠지만, 내가 이 곡을 연주한 지 꽤 오래되어서
말이다."

"알아요, 아빠. 천천히 하셔요."

나는 아버지의 허약해진 몸과 여윈 얼굴, 뭐가 잘못되
었는지 통통 부어오른 두 다리를 바라본다. 아버지는 겁이
나는 것 같다. 차마 첫 음을 칠 용기를 내지 못한다. 마치
수줍음에 사로잡힌 어린아이 같다.

이윽고 갑자기 아버지가 연주를 시작한다.

…(오, 아빠, 정신 차리세요. 다음 부분은 부디 잘 쳐주셔요!)

첫 소절은 실패였다. 아버지는 발을 페달 위에 올려놓고 그 소절을 다시 친다. 음악적인 조화 자체를 뭉개버리는 연속되는 울림 속에서 두 번째 소절이 첫 소절에 이어진다. 이제 세 번째 소절이 시작되는가… 아니다, 시작이 엉망이라는 것을 의식한 아버지는 처음부터 다시 치기 시작한다. 점점 더 긴장하고 집중하는 것 같다.

심각한 표정으로 미간을 잔뜩 찌푸리고 잘 쳐야 한다는 압박감에 몸을 떨며 아버지는 그 곡을 다시 친다. 조금 전보다 더 엉망이다. 그는 잘못 친 음을 고쳐 치면서 어렵게 연주를 이어가다가 말한다. "아냐, 아냐. 이게 아냐… 네가 듣고 있어선지 잘 안 된다…." 그리고 다시 처음부터 치기 시작한다. 내가 말한다. "걱정하지 마셔요. 시간 충분해요."

"아, 네가 방해가 돼. 이거 정말 힘들군."

아버지는 다음 소절로 나아가기로 마음먹은 모양이다. 용감하게 〈함머클라비어〉 연주에 도전해 장난감 병정처럼

안간힘을 쓰며 싸움을 벌이는 그를 보라. 무거운 한쪽 다리는 더이상 페달에서 떨어지지 않는다. 서로 달라붙은 음들은 하나같이 삐끗거리고 뒤섞여, 이름 붙일 수 없는 소리의 반죽 같은 것이 되고 만다.

아버지는 자신의 연주가 엉망진창이라는 것을 느끼면서도 연주를 계속한다. 내가 눈물을 흘려야 마땅한 상황이다. 〈함머클라비어〉는 일그러지고, 내 아버지는 죽어간다. 어둑한 빛 속에서 파멸의 온갖 징후들이 고스란히 드러난다. 하지만 내게서 치밀어오르는 것은 웃음이다. 이제까지 내가 터뜨렸던 그 어떤 웃음보다 솔직하고 참을 수 없는 웃음. 아무리 애써도 억제할 수 없는 미친 듯한 웃음. 나는 얼굴을 창쪽으로 돌리고 웃음을 참고 슬픈 척을 하려 애쓴다. 어떻게 이럴 수가 있는가? 슬퍼해도 모자랄 상황에서 웃고 있다니!

아버지는 내가 웃음을 참고 있다는 건 눈치 채지 못했지만, 자신의 연주를 듣고 있지 않다는 건 느낀 모양이다.

그는 기진맥진한 모습으로 연주를 멈춘다.

"이건 아니구나. 아니야. 오늘 밤 연주는 정말 아니다. 내가 좀 피곤해서 말이다. 다음번에 다시 연주해 주마."

아버지가 피아노 앞에서 일어선다.

그 다음에 무슨 일이 있었는지 이제는 기억나지 않는다. 내가 기운을 내서 아버지를 위로했을 것이다. 페달 사용이 좀 지나쳤고 너무 긴장하기는 하셨어요―우리가 한 내기를 생각하면 당연하죠―, 하지만 연주가 그렇게 나쁘진 않았어요, 라고 말한 것 같다. 나는 아버지와 함께 방으로 돌아간다. 우리에게 다음번이 없으리라는 것을 나는 잘 안다. 하지만 아버지를 부축해 방으로 가는 동안(그리고 심지어는 지금도) 그토록 철저하게 난도질된 함머클라비어를 생각하면서 웃음을 참을 수 없었던 것은 도대체 무엇 때문이었을까.

데스마스크

//

//

//

아버지가 저 세상으로 떠나시기 얼마 전─실제로 정말 얼마 전이다, 한 달쯤 전인가─의 일이다. 욕실에서 아버지가 나를 부르는 소리가 들린다.

아버지는 벌거벗은 채 거울 앞에 서서 자신의 모습을 바라보며 내게 말한다.

"여긴 아우슈비츠 유대인들 같고, 여기는 임신 칠 개월

된 여자 같다. 두 다리는 콘치타 다리 같고. 얼굴로 말하자면… 한마디로 데스마스크가 따로 없구나."

아버지와 함께 나는 거울 속에 비친, 그렇게 기묘하게 바뀐 아버지의 몸을 물끄러미 바라본다.

아우슈비츠 유대인들 같다는 부위는 두 어깨와 팔이다. 배는 무시무시하게 부풀어 올라 있다. 두 다리는 형태가 무너진 채 퉁퉁 부었고 이어 가느다란 발목이 있다. 우리 모두는, 코르티손 부작용 때문에 그런 거라고 말한다. 하지만 나는 안다, 진짜 문제는 동맥을 누르고 있는 종양이라는 사실을. 그래서 동맥 자체가, 두 다리가 비대해지는 것이다. 그런데 생클루 출신의 우리집 요리사 콘치타는 그런 문제가 없는데도 비슷한 다리 모양을 하고 있다.

"여기는 아우슈비츠 유대인, 여기는 임신한 여자… 두 다리는 콘치타. 얼굴로 말하자면… 간단히 말해서 그냥 데스마스크라고."

아버지는 자신의 벗은 몸에 대해 무슨 코미디라도 되는 것처럼 담담하게 말한다. "한마디로 그냥 데스마스크"라고. 놀라지 않을 수 없는, 자세히 들여다보지 않을 수 없는 모습 앞에서 당연히 느껴야 할 놀라움을 제외하면 달리 특별한 감정도 들어 있지 않다.

"얼굴로 말하자면… 그냥 데스마스크구나."

내가 아버지에게 말한다. "사실 아빠, 지금은 그렇게 나빠 보이진 않는데요."

"그런 말이 어디 있니…!"

아버지가 웃는다. 아버지는 웃음을 멈추지 않고, 이윽고 나도 따라 웃는다. 나는 욕조 가장자리에 걸터앉아서, 아버지는 다시 잠옷을 입으면서. 아버지는 진짜로 우스워서, 나는 우스워서가 아니라 웃고 있는 아버지 때문에, 아버지가 웃을 수 있다는 사실 때문에, 그런 모습 앞에서 우리가 웃을 수 있다는 사실 때문에 웃는다.

진심으로 그렇게 여긴다면, "한마디로 그냥 데스마스크"라고 말할 수 없는 법.

내 말은, 그 얼굴 한 귀퉁이에서 진짜 죽음을 본다면 말이다. 그렇다고 해서 그런 아버지의 말이 죽음을 부정하는 뜻이라는 것은 아니다. 아버지는 누렇게 뜨고 뼈만 남은 당신 얼굴을 물끄러미 들여다보며 정말로 데스마스크 같다고 생각했을 것이다.

아마도 아버지는 그 마스크가 일시적인 거라고 여겼을 것이다. 물론 죽음의 기운을 일회용 장신구처럼 잠깐 걸쳤다가 벗어놓을 수도 있었다. 그렇다면 그 모든 것이 관찰과 호기심의 대상이 될 만했다. 사실 이 모든 것은 극히 일시적인 것이었다.

일시적인 콘치타 다리.

일시적인 배와 두 팔, 고약한 몸 상태, 일시적인 데스마스크.

내가 일시적이라고 확인하는 모든 일시적인 것들. "지금은 사실 그렇게 나빠 보이진 않는데요, 아빠." 사태의 일시적인 상태를 확인하는 '이 순간'.

1992년 10월 어느 날 우리 두 사람은 욕실 안에서 신기하게 변한 아버지의 겉모습을 보며 함께 웃을 수 있었다.

현재를 초월해

//

//

//

아버지가 숨을 거두시고 일 년 반 뒤 내 친구이자 에이 전트였던 마르타 A.가 죽었다.

그녀는 파리에서 한 시간 거리에 있는, 자기 집 근처 퐁 트나유 공동묘지에 묻혔다.

지인들과 가족들이 모였다. 나는 에바, 그리고 마리세실 과 함께 차를 몰고 그곳에 갔다. 그날 나는 푸른색과 하얀

색이 섞인 린넨 정장 원피스를 입었고—내가 마지막으로 그녀의 집을 방문했을 때 입었던 옷이다—꽃은 가져가지 않았다.

묘지 입구에 도착한 우리는 마르타의 묘를 향해 한 줄로 걸어갔다. 나는 길 양쪽에 놓인 수많은 꽃장식, 꽃다발, 꽃바구니들을 응시했다. 과시적일지는 몰라도 현재를 빛내주는 배려의 증거를.

내가 마르타에게 나직이 중얼거린다. 꽃 한 송이 없이 빈손으로 온 걸 용서해, 우리 관계는… "현재를 초월하는 거잖아"라고 말하려는 순간, 그녀가 평소의 헝가리어 억양이 섞인 프랑스어로 내 말허리를 자른다. 우리는 현재를 초월해 있는 게 아냐. 네가 작은 꽃다발을 하나 가져왔다면 나는 몹시 기뻤을 거야. 그런 섬세한 배려에 감동했을 거라고. 네가 오늘 아무것도 가져오지 않은 이유는 너 자신이 잘 알고 있겠지. 그 이유가 뭘까? 어안이 벙벙해진 나는 자클린 C.가 가져온, 유난히 아름답게 만들어진 하트 모양의 하얀 꽃다발을 물끄러미 바라보며 물었다. 그 이유는 네가 게을러빠졌고, 죽은 나를 위해서 한 푼도 쓸 필요가 없다고 판단해서겠지.

그래, 사실이야, 내가 속내를 털어놓았다. 날 용서해줄래?

그녀는 나를 용서하겠다고 대답했다. 그래. 하지만 의도적으로 실망감을 드러낸 그녀의 말투 때문에 나는 그날의 나머지 시간을 뒤숭숭하게 보내야 했다.

마르타

//

//

//

마르타는 나에게 자기 나이를 속였다.

그녀는 몇 년 전부터 내 출판 에이전트이자 친구다. 만날 때마다 우리는 서로에게 작은 꽃다발을 **선물한다**.

마르타는 병이 들었다. 어디가 어떻게 아픈지, 정확히 무엇 때문에 그녀가 고통을 당하는지 아무도 모른다. 그녀는 나날이 쇠약해지고 사는 일에 싫증이 난 것 같다. 그녀가 죽은 건 더이상 삶에 의욕이 없었기 때문이다.

　나는 그녀를 보러 간다. 가장자리가 흰색으로 마감된 푸른 린넨 정장 원피스 차림이다. 평소에 치장을 즐기는 편인 그녀가 화장기 없는 얼굴로 누워 있다(더이상 몸을 일으키기가 어려운 모양이다). 나는 그녀가 유쾌한 기분이 되도록 밝은 표정을 짓고 미소를 지어 보인다. 그녀가 말한다. 입 밖으로 소리 내어 말하는 것은 아니지만, 나는 들을 수 있다.

　'다른 사람들이 이렇게 젊고 건강하게 느껴진 적이 없어. 심지어 노인들도 내 눈에는 젊어 보여. 세상은 온통 소름끼치는 활력으로 가득차 있어. 내 사정 좀 봐줘, 친구, 평소처럼 팔팔한 당신의 에너지를 드러내지 말아 달라고… 어제 당신은 내게 이렇게 말했지. 당신한텐 여전히 살고 싶은 마음이 있어, 마르타, 더이상 삶에 의욕이 없다니 그게 무슨 말이야? 당신이 어제 내게 말했지. 물리 치료나 주사 요법을 이 정도로 의연하게 받는 사람은 본 적이 없어. 더이상 살고 싶지 않다는 사람이 일 년에 세 차례

나 브르타뉴 끝에 있는 키베롱에 가다니 말이 돼?… 이른
바 내게 아직 활력이 있다고 내게 말하기 위해 당신은 경
솔하게도 에너지에 넘쳤지. 죽어가는 사람 앞에서 사람들
이 보이는 그런 열띤 에너지를 드러냈다고. 아니라고 하지
마. 또다시 흥분할 생각이겠지. 자, 내가 살아야 할 타당한
근거를 대봐…. 나를 사랑하는 사람들을 위해 살라고? 어
떤 사람들 말이야?… 내 친구들, 나를 사랑하는 이들….
그래, 그럴 수도 있겠지…. 그러니까 내가 그들을 위해 살
아야 한다는 거야…?'

마르타가 커튼 쪽으로 눈길을 돌린다. 나는 더이상 그녀
가 무슨 생각을 하고 있는지 알 수 없다.

"발코니에 있는 꽃들을 보고 싶지 않아? 커튼을 젖혀줄
까?" 내가 묻는다.

"고맙지만 괜찮아. 지금 이대로가 좋아. 이제 내겐 아무
것도 필요 없어. 그래, 지금 이대로가 좋아…. 그동안 내가
약을 얼마나 좋아했던지! 내가 약 먹는 걸 무척 좋아했던
거 기억하지? 이 건물 정원사, 한쪽이 벋정다리인 그 딱한

사람 말이야. 그 사람이 처방전을 받자마자 나에게 와서 보여주더라고. 나는 정말 약을 좋아했어. 그래. 이젠 더이상 약을 좋아하지 않아. 약이 겁나기까지 해. 이렇게 우리는 좋아하던 것들을 더이상 좋아하지 않게 되지. 약이든, 꽃이든, 삶이든 말이야."

그녀가 나에게 미소를 지어 보인다. 우리는 침묵에 잠긴다. 한동안 내 귀에는 아무 소리도 들리지 않는다. 이윽고 다시 그녀의 목소리가 들려온다….

'당신한테 고백할 게 있어, 친구. 당신의 에너지 때문에 난 당신을 결코 진짜 친구로 여길 수 없었어. 당신은 걷고 말하는 걸 동시에 할 수 있지. 걷는 것과 말하는 걸 동시에 할 수 있는 사람들과 보조를 맞추는 게 얼마나 괴로운지 모를 거야. 스위스에서 당신이 그 멋진 오솔길로 나를 데려갔을 때, 난 즉각 그 산책이 하고 싶지 않아도 해야 하는 숙제 같은 것이 되리라는 걸 알 수 있었지. 그래, 맞아, 내가 힘에 겨워 걸음을 멈출 때마다 당신은 2미터 앞에서 걸음을 멈추고는 다시 걸음을 계속하고 싶어 안달을 했지.

다행히 줄에 묶여 따라 나온 내 귀여운 개 오스카가 종종 멈춰 서서 오줌을 싸거나 구멍을 팠지. 당신 다리 좀 보여 줘…. 당신 다리는 예뻐. 당신은 푸른색 미니 원피스를 입고 예쁜 다리를 내보이며 나를 보러 왔어. 황금빛 두 다리, 나는 당신의 다리에서 눈을 뗄 수가 없어. 나를 만나러 오면서 당신은 어떻게 그렇게 젊음이 넘치는 다리를 드러낼 수가 있지?… 내 다리 역시 젊음이 넘치던 때가 있었지. 내 다리도 당신 다리만큼은 예뻤어. 발라톤 호숫가에서 비키니 차림으로 찍은 이 사진을 보면 알 거야. 사진을 보며 당신은 아주 미묘한 어조로 이렇게 감탄했지. 어머? 이거 당신이야? 당신 정말 아름다웠구나…! 그래, 나야. 당신이 본 적이 없는, 이제는 존재하지 않는 아름다운 나라고. 그런 게 시간이지. 심술궂은 시간.'

그녀가 이 마지막 구절을 실제로 입 밖에 내서 말하는가? 아니다. 그런 게 시간이지, 심술궂은 시간, 이라고 생각한 사람은 바로 나다.

얼마 전 어느 날 저녁 나는 두 살짜리 아들의 모습을 뒤에서 바라보았다.

그 애는 놀고 있었다. 나는 그 애의 목덜미와 끝이 둥글게 말려 올라간 짧고 검은 머리카락을 바라보면서 미래 어느 날 할아버지가 된 그 애의 모습을 떠올렸다. 지금과 똑같은 머리카락, 짧지만 여전히 좀 구불거리는 부드럽고 숱 많은 은발을 지닌, 내가 결코 볼 수 없을 한 노신사의 모습을.

누가 알겠는가, 내가 그 애에게 누구였는지, 내가 얼마나 사랑에 넘쳐 그 애를 어루만지고 돌보았는지. 어느 날 그 애가 죽으면 그 애의 자식들은 그 애를 땅에 묻을 것이다. 묘지에서 그들은 눈물을 흘리리라. 거기에는 내가 영원히 만나지 못할 한 무리의 사람들이 있고, 그중 몇몇은 내 손주나 증손주들일 것이다. 아무것도 모른 채 뛰어다니는 아이들…. 그러니 누가 알겠는가, 내가 그 애를 얼마나 사랑했는지, 얼마나 사랑에 넘치는 마음으로 귀여워했는지, 얼마나 사랑에 넘쳐 잉태했는지, 얼마나 사랑스러운 눈길로 바라보았는지, 얼마나 완벽하게 그 애를 소유했는지, 한때 그 애가 얼마나 완벽하게 나의 것이었는지, 한때 내가 얼마나 충만하게 그 애의 모든 것이었는지. 이게 바로 심술궂은 시간이다. 시간이란, 그런 것이다.

달리 뭐란 말인가?

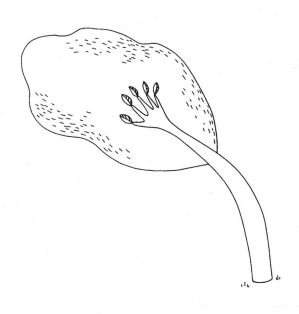

가엾은 크로이체르

//

//

//

작곡가 로돌프 크로이체르가 재능 있는 바이올리니스트로 칭송받던 시절, 베토벤은 피아노와 바이올린을 위한 아홉 번째 소나타를 그에게 헌정했다. 크로이체르는 그 작품을 '도대체 읽을 수가 없다'고 하면서 대중 앞에서 연주하기를 한사코 거부했다.

이 소나타는 1962년 바이올리니스트 다비드 오이스트

라흐와 피아니스트 레프 오보린에 의해 녹음되었다. 그 레코드의 재킷에서 장 마생은 위의 이야기를 풀어놓고 다음과 같은 말로 마무리한다. "그러니 베토벤이 안됐다고 해야 할까? 크로이체르가 안됐다고 해야 할까?"

어느 쪽을 안됐다고 한다 해도 아쉬움이 남으리라는 것을 인정하자. 이 질문은 줄곧 계속되고 결론이 나지 않을 것이다.

우선 크로이체르가 안됐다고 한다면 이는 형이상학적인 (다시 말해서 거짓된) 판단이다. 크로이체르는 이 일로 아무 괴로움도 겪지 않았다. 다른 한편으로 베토벤이 안됐다고 한다면 보다 신빙성이 있긴 하지만, 존재의 보편적인 비장함을 한 인간에게 닥친 불행으로 축소한다는 비판을 받을 수 있다.

요컨대 잘 생각해보면 이건 결국 시간의 문제다.

어느 때를 기준으로 삼을 것인가?

어느 때를 기준으로 사태나 사물의 가치, 언어의 가치를 평가할 것인가?

시간, 그것이야말로 유일한 주제다.

슬픈 언덕

//

//

//

8월 말. 산속. 비가 내린다.

나는 가브리엘이 연구 중인 에메 세제르(마르티니크의 시인 - 옮긴이)의 책을 뒤적인다. 여름이 지나가는 이때 가브리엘이 우리가 있는 스위스로 와서 함께 며칠을 보내고 있다. 가브리엘은 예순 살이고, 에메 세제르의 작품으로 올 가을 공연을 준비 중이다. 그는 브릿지 테이블에서 진지한 얼굴로 열심히 뭔가 쓰고 있다. 일정 나이를 지난 남자들에게서는 시간(물리적인)에 대한 무심함이 있다. 나도 갖고 싶은 그런 무심함이.

가브리엘이 파리 요양원에 있는 자신의 어머니에게 전화를 걸어도 되는지 내게 묻는다.

그가 어머니와 통화하는 동안 나는 에메 세제르의 책을 뒤적인다.

"…지치지도 않고 펼쳐지는 길, 저 위의 '모른[1]'이 순식간에 눈앞에 닥치더니 갑자기 나지막한 오두막의 늪 속으로 빠져들어간다…"(《귀향 수첩Cahier d'un retour au pays natal》 중에서 – 옮긴이)

…저 위의 '모른'이 순식간에 눈앞에 닥치더니…

…저 위의 '모른'…

이보다 더 슬픈 게 뭐가 있을까? 저 위를 '모른', 곧 우

---

1 프랑스어 morne은 형용사로 '구슬픈', 명사로 서인도제도에 있는 '언덕'을 뜻한다.

울이라고 부르다니.

그래서는 안 되잖은가.

가브리엘이 자기 어머니에게 이렇게 말하는 소리가 들린다.

"…음, 엄마, 모레 엄마한테 가서 입맞춤해드릴 수 있을 것 같아요…. 지금 파리 날씨는 어때요…? 엄마의 프랑스어는 정말 훌륭해요… 엄마가 프랑스어를 아주 잘하신다고 했어요… 저 대신 그녀를 꼭 안아주세요."

그가 전화를 끊는다. "어머니는 지금 간병인 타티아나와 함께 있어요. 내가 어머니께 나 대신 그녀를 껴안아주라고 했더니 어머니가 뭐라고 대답했는지 맞춰보세요. '난 따로 할 일이 있단 말이다!'라고 하시더라니까요."

우리는 소리 내어 웃는다. 거의 배꼽을 잡을 정도로 웃어댄다. 이윽고 가브리엘이 입을 열고는… 이렇게 덧붙인다. "어머니는 여전히 팔팔하세요."

밖의 날씨는 음산하다. 안개, 비. 보이지 않는 산들.

나는 다음의 문장 외에 달리 할 말을 찾지 못한다.

"…지치지도 않고 펼쳐지는 길, 저 위의 언덕이 순식간에 눈앞에 닥치더니…."

함머클라비어

투덜이 소녀

//

//

//

우리는 그 책 《투덜이 소녀》를 잃어버렸다. 이 문장을 쓰는 것만으로도(그 책을 찾을 수 있으리라는 희망을 포기한 참이므로) 나는 심장이 철렁 내려앉는다.

《투덜이 소녀》는 일곱 살짜리 딸과 내가 작은 공책으로 만든 책이다. 내가 이야기를 썼고 알타가 그림을 그렸다.

그 책을 잃다니 회복 불가능한 손실이다.

《투덜이 소녀》는 아주 짧은 일화들로 이루어진 책으로, 투덜대기 잘하는 어떤 여자애(알타)가 투덜대는 온갖 상황을 묘사한 것이다. 알타의 그림은 아주 훌륭하다. 그 애의 기분을, 그 애의 무심한 태도를, 아이다운 그 애의 서투름을 가감 없이 보여준다. 그 책 전체가 알타와 내가 얼마나 죽이 잘 맞는지를 반영한다. 그 책은 뒤죽박죽인 동시에 유쾌하다. 자연스러우면서 매혹적이다.

나는 알타에게 우리가 더이상 《투덜이 소녀》를 볼 수 없다는 사실을 알린다.

그 애가 받을 충격을 줄이기 위해 나는 간접적인 질문 형식으로 그 사실을 알려준다(우리가 마무슈카의 집에서 나올 때 그 책이 어디 있었는지 너 혹시 기억하니?). 그런데 그 충격이란 것이 내 예상보다 훨씬 약한 것 같다. 어떻게 된 영문인지 알타는 전혀 충격을 받지 않은 것 같기도 하다. 그 애의 반응에 대해 따분해한다거나 지겨워한다는 표현을 쓸 수도 있을 것 같다. 이런 서운한걸. 아니, 내 감정을 정확히 분석해보자. 알타의 반응에 서운해 하는 나 자신이 안됐는걸.

그 애의 반응과 내 반응 사이에는 큰 차이가 있다.

한순간 나는 알타의 침착한 반응에 감탄할 뻔했다. 하지만 다음 순간 그와 상반되는 격한 감정이 치밀어 오른다. 그토록 아무렇지도 않은 반응 앞에서 두려움에 사로잡힌 것이다. 이 아이는 무서울 정도로 매사를 가볍게 여기는, 아무것에도 애착을 갖지 않는 이기주의자가 될 조짐을 보이는군.

나는 그 애의 남동생과 그 애를 재운다.

그러고는 상처 입은 심정으로 아파트 안을 배회한다. 그 책이 있을 턱이 없는 온갖 종이 더미로 달려들어, 쌓인 서류철과 책, 신문, 악보, 잡지, 펄럭거리는 종이들, 팸플릿 같은 것을 샅샅이 뒤진다. 그 책이 거기 있을 거라고 믿지도 않으면서. 우리는 《투덜이 소녀》를 다른 가족들에게 읽어주려고 마무슈카네로 가져갔다가 깜박 잊고 그곳에 놓고 왔던 것이다. 그건 분명히 기억한다. 그런데 어째서 마무슈카와 셀레스트는 그 책을 찾아내지 못하는 것일까? 두 사람 모두 편집적일 정도로 꼼꼼한데 말이다.

나는 자리에 앉는다.

어째서 나는 이 책에 이토록 집착하고 알타는 그렇지 않은 것일까?

왜냐하면 나는 시간 속에서의 그 책의 가치를 알기 때문이다. 나는 그 책이 어디까지 확장될 수 있는지를 안다. 그 책은 과거이자 미래다. 알타는 이제 더이상 그때와 똑같은 투덜이가 아니고(그 애는 이를 닦을 때도 공원에 갈 때도 더이상 투덜대지 않는다), 그때처럼 매혹적으로 뒤죽박죽인 그림을 더이상 그리지 않는다…. 그 책은 그 존재만으로 이미 가혹하다, 이미 손실이다, 사라져버린 하나의 세계를 이야기한다.

날이 갈수록 그 손실은 그 애 가슴을 더욱 아프게 할 것이다. 매일같이 이 손실은 우리가 더이상 그때 같지 않다는 것을 환기시킬 것이다.

그런데 이 슬픔은 어디에서 오는 것일까? 나는 왜 가슴

한 구석을 시리게 만드는 그 공책을 한사코 갖고 있으려 하는 것일까?

알타는 태평하게도 이 모든 것에 대해 아직 아무것도 알지 못한다. 그 애는 시간을 이런 관점에서 볼 줄 모르니까.

여동생에게서 전화가 걸려온다. 그 애는 지금 마무슈카의 집에 있는데, 무심코 벽장을 열었다가 《투덜이 소녀》를 발견했다는 것이다.

전화기를 든 내 입에서 흐느낌이 터져나온다. 나는 안도와 기쁨으로 딸꾹질을 한다. 나는 침대에 누워 있는 알타에게 달려가 이 소식을 알린다. 우리는 서로 얼싸안는다.

그 애가 내게 묻는다. "엄마 우는 거야?" "그래, 알타, 난 그 책을 잃어버려서 얼마나 속상했는지 몰라." 그 애는 작은 두 팔로 나를 꼭 안아준다. 알타는 말없이 사람을 꼭 안아줄 줄 안다.

"《투덜이 소녀》를 정말 좋아했구나, 엄마….."

"그래, 아가, 난 그 책을 정말 좋아했단다."

몇 분 후 그 애는 파자마 차림으로 주방에 모습을 나타냈다.

"엄마… 엄마가 그 책을 무척 좋아한다는 건 알겠어. 그런데, 엄마는 나도 그만큼 사랑해?"

나는 그 애에게 말한다. 내가 사랑하는 것은 그 책이 아니라 바로 그 애라고, 우리라고, 이제는 더이상 존재하지 않는 그 순간이라고, 우리가 이제 더이상 하지 않을 모든 것들이라고, 자라면서 그 애가 내지 않게 된 짜증이고, 우리가 더이상 하지 않게 된 다툼이라고. 나는 또 그 애 귀에는 들리지 않는 말들을 혼자 중얼거린다. 어쨌든 난 그 애에게 직접 말하지는 않을 것이다. 그 행복을 잃어버린 줄 알았다고.

존재한다는 것

//

//

//

일상적인 대화 중에 모이라가 내게 말한다. "…난 번거로운 일들이 생기는 게 겁이 나…."

내가 그토록 사랑하는 그녀, 나와 그렇게 공통점이 많은 그녀가, 내가 주장하는 그 모든 것들과 정확히 반대되는 말을 다름 아닌 내게 하고 있다.

솔직하게 말해서 이제까지 내가 해온 것은 내 삶을 사건

속으로 몰아넣기가 아니었던가? 사건들이 닥치고, 시간이 동요된 채 지나가고, 소리 나야 할 것이 소리 나고, 시간, 내 은밀한 적, 그 시간을 내가 보지 못하는 사이에 지나가 버리게 한 것뿐이 아니었던가?

우리는 생뤼크에 있다. 우중충한 빛이 눈과 나뭇가지들을 뒤덮는다. 유리창 너머로 아슴한 안개가 떠돈다. 아이작 싱어[2]의 책을 방심한 채 들여다보는 내 눈에 이런 구절이 보인다. "신은 무엇을 원하는가? 그는 뭔가를 원하고 있음이 분명하다."

화자는 이런 질문을 허공에 던진다. 다음 장으로 넘어가자 또 다른 인물이 뉴욕 브룩클린 거리를 걷고 있다.

신은 무엇을 원하는가?

신은 자신의 모습을 숨기고 사람들이 자신을 찾아내기를 바란다. 그것이 이 질문에 대한 유대인들의 대답이다. 신은 어디에 숨어 있는가? 우리는 그것 역시 안다. 저주받

---

2 폴란드 출신의 유대계 미국 작가.

은 시간 너머에 있다. 부당하게도 고통스럽게 숨어 있어야 한다는 사실은 숨은 당사자에게 반감을 불러일으킨다. 모이라가 나에게 "…난 번거로운 일들이 겁이 나…"라고 말했을 때 내가 즉각 반감을 느꼈던 것처럼.

모이라—그 이름의 의미는 '운명'이다—는 세상에서 벌어지는 이런저런 일에 전혀 호들갑을 떨지 않는다. 모이라는 '존재하려고' 애쓰지 않는다. 존재한다는 것은, 유대인의(세상과 타협하는 유대인 말이다) 여러 집착들 중에서도 가장 딱한 집착, 가장 보잘것없는 집착, 곧 나의 집착인지도 모르는데.

나에게, 무엇보다도 사회적 동물로서 뭔가 되어야 한다는 강박을 갖고 있는 내게 "…난 사건들이 겁이 나…"라고 말하는 건 좀 치사한 거 아닐까? 모이라는 정말이지 섬세한 사람이어서 그런 트집을 무심하게 대화 속에 흘려 넣었을 리가 없다. 그녀는 나에게 조심하라고 말하고 있는 것이다. 그녀의 말은 이런 뜻이다. 난 네가 촉발시킨 그 모든 사건들, 네가 너 자신에게 제공한 그 모든 가능성이 네게 어떤 영향을 미칠지 두려워. 그녀의 말이 옳다. 모이라는 결국 나 자신으로 되돌아와야 하는 나의 비극을 안다. 그녀는 내가 서두르는 시간으로부터, 거짓 신분으로부터 추락할 때 어떤 일이 일어날지 안다. 그 부드럽고 미묘하고 간접적인 경고 속에는 그 어떤 치사함도 들어 있지 않다. 어째서 신은 나를 신의 상식과는 그토록 상반되는 인간으로 만들었을까? 어째서 신은 모이라의 자리를 천국에 더 가까운 곳에 놓았을까? 아주 오래전 어느 날 우리가 생클루에서 버터와 잼을 바른 빵을 함께 먹을 때였다. 오후 다섯 시, 어둠이 막 내리고 있었다. 내가 모이라에게 물었다.

"넌 우리가 다시 만날 거라고 생각해?"

그러니까 내 말은 죽은 다음에 하늘나라에서 다시 만날 것 같으냐는 의미였다. 모이라는 빵을 먹으면서 대답했다.

"아니, 솔직히 말해서 그럴 것 같지 않아."

"어째서 그럴 것 같지 않다는 거야?"

"사람이 죽어서 다시 만날 것 같지 않거든."

그녀는 다분히 가슴 아픈 그 구절을 마치 빵을 그릴에

올려놓듯이 가볍게 내뱉었다.

몇 년 후 나는 그녀에게 생클루에서의 그 일을 환기시켰다.

"내가 너한테 그런 말을 했다고! 말도 안 돼!" 그 이후 모이라는 우리가 다시 만날 거라고 생각한다. 그녀가 그렇게 생각해서 나는 정말이지 행복하다. 그녀를 영원히 잃는다는 건 나로서는 견딜 수 없는 일일 테니까.

만약 그녀가 낙원에 있다면 나를 그곳에 들어오게 할 거라고 나는 확신한다.

하지만… 낙원이라는 것… 그게 정말 내가 원하는 것일까?

뤼세트 모제스

//

//

//

우리는 늦게 도착했다. 여자 안내원은 우리를 홀 입구로 통하는 계단에서 기다리게 했다. 우리 몇몇은 아무것도 보이지 않는 어둠 속에서 층계에 앉아 있었다. 그렇게 앉아 위쪽 무대에서 들려오는 노래를 듣고 있자니 마치 그 자체가 하나의 특권처럼 여겨졌다.

노래가 끝나고 잠시 침묵이 찾아왔을 때 우리는 공연을

방해하지 않고 우리 자리로 갈 수 있었다. 갑자기 쏟아지는 눈부신 빛 속에서 우리는 파리 오케스트라, 자리에 앉은 솔로 성악가들, 이마의 땀을 닦는 다니엘 바렌보임, 그 뒤쪽에 똑바로 줄을 맞추어 서 있는 대규모 합창단의 모습을 볼 수 있었다.

음악이 다시 시작되었다. 모차르트가 편곡한 헨델의 〈메시아〉였다.

휴식 시간이 왔다. 이어 2부.

서창부가 한창 울려 퍼지고 있을 때였다. 무대 안쪽 여기저기를 훑어보던 나는 문득 합창단 왼쪽, 소프라노 파트에서 뤼세트 모제스의 얼굴을 발견했다.

뤼세트 모제스가 성악가가 되다니! 작고 왜소하고 땅딸막하고 까무잡잡한 내 유대인 친구, 중3과 고1 때 같은 반이었던 나의 노예 친구 뤼세트 모제스가 플레엘 홀을 가득 채운 청중 앞에서 모차르트 작품을 노래하고 있었다. 나의 어릿광대, 나의 시녀, 나에게 권력의 맛을 알게 한 아이 뤼세트, 내가 하는 말이면 뭐든지 그대로 믿어주던 못

생기고 희극적인 여자애 뤼세트. 나는 그 애에게 성인 남자들(당시 내가 생각하는 성인 남자란 25세 정도의 청년들이었다)이 레퓌블리크 대로 모퉁이에서 나를 기다린다고, 그들이 그 애로서는 꿈도 못 꿀 곳으로 나를 데려가 파티를 벌이고 환상적인 밤을 보내게 해 준다고 이야기했다. 나는 심술궂게도 그런 밤의 몇 가지 세부를 슬쩍 흘려서 나머지를 짐작할 수 있도록 했다(사실 그 밖의 세부들은 당시 내 상상력으로는 명확하게 떠올릴 수가 없었다). 뤼세트, 나에게 잔인성의 맛을 알게 해준 나의 몸종 뤼세트가 나와 견줄 만큼 우아한 모습의 성악가가 되어 파리 오케스트라 합창단 석에 서 있었다.

옛날에도 그 애가 노래를 불렀던가? 과거에도 좋은 목소리를, 예술적인 감수성을 갖고 있었던가? 그때 이미 그랬던가? 아니 그렇지 않았다. 나중에 일어난 일이다. 내가 그녀 위에 군림하던 그 시절로부터 오랜 시간이 흐른 후에. 그 애의 초라한 분홍색 앞치마 시절에는 그럴 수가 없었다. 그 시절 아무도 앞치마를 입지 않았지만, 그 애는 아주 짧은 깔때기 모양의 앞치마를 입었다. 내 보호 하에 있던 그 시절 그 애는 노래를 부르지 않았다. 그 시절 뤼세트는 못생기고 수줍고 가운데 가르마 양쪽으로 초라한 머리핀 두 개를 꽂고 다녔고 목소리는 거칠었다. 내 보호 하에 있던 시절 뤼세트는 나보다 열등한 상태에 머무는 법을 알았는데, 그것이야말로 내가 필요로 하던 것이었다. 당시 그 애는 노래를 부르지 않았다. 그러니까 뤼세트는 그 후에 노래를 발견한 것이다…. 나로서는 알 수 없는 그 무엇, 어떤 남자, 어떤 장소, 어떤 여자의 도움으로. 나로서는 알 수 없는, 운명을 역전시킬 만한 그 무엇의 도움으로. 그리하여 운명이 역전된 것이다. 이런 굉장한 뉴스가 있나!

뤼세트는 모차르트 작품을 노래한다. 뤼세트는 우아하다. 적갈색 머리카락이 한쪽으로 부풀어 올려져 있다. 노래를 부르지 않을 때 그녀의 입가에 행복한 미소가 머문다. 뤼세트 모제스는 행복하다.

누가 알았겠는가? 종이를 구겨 동그랗게 공을 만들고 두 손이 벌겋게 얼어 터져 있던 그 시절 그런 절망으로부

터 한 여인이 솟아오를 것이라고 누가 알 수 있었겠는가?

그 기적적인 증거가 주는 충격에 비하면 그녀가 부르는 모차르트 편곡 〈메시아〉의 발견은 아무것도 아니다. 인간은 정해진 운명을 피할 수 있는 것이다!

〈메시아〉는 곧 끝날 거야, 뤼세트, 난 너만 보고 있어. 이 모든 이야기를 네게 해야겠어. 물론 부드러운 말로 할게. 걱정하지 마. 노래를 계속해! 나는 네 목소리를 구별할 수 있을 것 같아! 어서, 어서 음악이 끝났으면!

박수갈채.

다니엘 바렌보임이 고개를 깊이 숙여 인사한다. 오케스트라가 일어서고 합창단원들이 일어선다. 이윽고 홀을 가득 채운 청중들이 일어선다.

나는 군중을 헤치고 무대로 다가간다. 무대는 온통 음악의 기쁨과 즐거움, 어려운 일을 끝냈다는 자부, 응당 받아 마땅한 영광으로 가득차 있다. 나는 뤼세트를 향해 걷는다. 웃고 있는 뤼세트에게로. 누군가가 들어 올린 손, 누군가의 얼굴 때문에 잠깐씩 뤼세트의 얼굴이 가려진다. 내가 다가갈수록 뤼세트는 점점 더 멀어진다. 예쁜, 적갈색 머리의 날씬한 뤼세트. 그녀는 뤼세트가 아니다.

비이성적인 낙관의 순간들

//

//

//

펠릭스가 지난주 나에게 이렇게 말했다. "만약 내 인생에서 비이성적인 낙관의 순간들이 없었다면, 나는 이렇게 살아 있지 못할 거야."

생각과 감정은 DNA와 같다. 우리를 고유한 존재로 정의하는 것이다. 이 사슬을 살펴봄으로써 대개 우리는 목걸이 전체를 그려낼 수 있다. 우리와 연관된 존재들은 모두

함머클라비어

구성 요소로서, 그들을 통해 우리는 또 다른 존재들에 연결된다. 그리고 그 또 다른 존재들을 통해 또 다른 존재들에 이르게 되는 것이다. 허구적인 존재, 실재하는 존재, 평생 알거나 사랑한 어떤 존재들에게로. 이런 식으로 우리는 종종 깨닫지 못하는 사이에 온갖 것들과 관련을 갖는다. 개인적으로 알지 못한다 해도 누군가 사랑을 받고 있다면, 그 얼굴은 이미 우리에게 익숙하다.

4월 28일 일요일 아침, 나는 혼자 콘서트장에 간다. 내겐 낯설지만 아주 잘 친다는 이야기를 들은 적이 있는 미국 피아니스트 리처드 구드의 연주를 듣기 위해서다. 그가 슈베르트 소나타 라장조 2악장(오퓌스 포스튐opus posthumous)을 연주한다. 좋은 연주다. 그 독특한 해석을 듣고 있자니 문득 아버지와 함께 그 연주를 들을 수 없다는 것이 너무나도 안타깝다. 아버지는 이 소나타를 몹시 좋아했고(직접 이 곡을 연주할 정도로), 나와 함께 수십 번이나 다양한 해석의 연주를 들었다. 어느 날 아버지는 루돌프 제르킨 이후 제 아무리 뛰어난 피아니스트라도 감히 그 곡을 달리 해석하는 모험을 할 수 없었다고 단언했다. 아버지에 따르면 제르킨은 그 소나타의 문제를 영구적으로 해결했다는 것이다. 오퓌스 포스튐이라면 제르킨이 최고다. 끝.

연주회장에서 아버지는 내게 몸짓으로 의견을 전달했다. 훌륭하다는 표시로는 조심스럽게 엄지를 들어올렸고, 나쁘다는 표시로는 검지를 좌우로 흔들었는데, 그건 이게 아냐, 이게 아냐, 이게 절대 아니라니까, 하는 뜻이었다. 혼자 리처드 구드의 연주를 들으면서 나는 엄지를 들어올릴 아버지를 생각한다. 아버지는 제르킨에게 머릿속으로 재빨리 양해를 구한 다음 이 순간만큼은 이 미국 피아니스트의 손을 들어주리라…. 그런 짧막한 회상에 나는 마음이 아프다.

아버지와 함께 G.에서 낡은 푸조 604(아버지는 푸조만 탔고 언제나 그 사실을 자랑했다)를 탔던 때의 일이 기억난다. 우리는 해를 향해 방향을 잡고 산 밑을 돌아 전나무 사이를 달렸다. 음악을 틀어놓고 가장 좋아하는 몇몇 부분을 수없이 돌려들으면서.

아버지는 자신의 감정을 숨길 줄 몰랐다. 그런 종류의 약점은 나이 지긋한 남자, 사회적으로 성공한 남자에게서 흔히 보기 어려운 것이었다. 어릴 때 나는 며칠간 정체를 알 수 없는 바이러스에 감염된 적이 있었다. 어느 날 오후 내가 열에 뜬 채 아무것도 먹지 못하고 누워 있는데, 아버지가 문간에서 방 안으로 얼굴을 들이밀었다. 비탄에 잠긴 표정으로 나를 바라보다가는 이윽고 눈에 눈물이 그렁한 채 중얼거렸다. "가엾은 내 딸, 가엾은 내 딸…." 그런 다음 아버지는 자리를 떴다.

일전의 일이다. 펠릭스가 나에게 전화를 걸어와서는 기력 없고 음울하고 절망적인 목소리로 아무개 배우가 우리가 무척 중요하게 생각하고 있는 아무개 프로젝트를 거절했노라고 알려주었다. 펠릭스는 그 거절이 별것 아닌 사건이라는 것, 인기 배우 한 사람을 취하면 다른 인기 배우를 섭외할 수 없다는 것, 요컨대 그 소식이 겉으로는 나쁜 것 같지만 실제로는 좋은 것이라고 나를 설득할 노력조차 기울이지 않았다. 그랬다. 펠릭스는 바로 내 아버지가 갖고 있던 그 기묘한 특징, 그들의 직업과 어울리지 않는 비합리적인 연약함, 사회적 기반으로도 교양으로도 지성으로도 고칠 수 없는 유아적인 특징을 갖고 있었다.

살아 있을 때 마르타는 펠릭스를 두고 만나기 힘든, '광고에 나올 법하게' 박식한, 정말이지 박식한 사람이라고 내게 말하곤 했다.

그런 펠릭스가 언젠가 내게 말했다. "만약 내가 사태를 비이성적으로 낙관한 순간들이 없었다면, 이렇게 살아남지 못했을 거예요."

비이성적인 낙관의 순간들. 극장의 어두운 복도를 돌아다니던 그와 나, 양쪽으로 열리는 여닫이 문틈으로 청중의 반응을 살피던 우리의 모습이 떠오른다.

그때가 비이성적인 낙관의 순간들 중 하나였을까?

무대 의상을 입고 몸을 숙인 채 문틈에 코를 갖다 대던, 매혹적인 펠릭스….

유대인들은 성호를 긋지 않는다

//

//

//

내가 여섯 살인가 일곱 살 때의 일이다. 다니던 초등학교의 내 동급생들은 대부분 가톨릭교도였으므로, 목요일 아침 가톨릭 교리공부 시간에 참석하지 않는 여학생들은 두 사람뿐이었다. C는 아버지가 공산주의자여서, 나는 아버지가 유대인이어서였다. 그 애도 나도 공산주의자나 유대인이 가톨릭 교리공부와 무슨 상관인지 이해할 수 없었다. 그것들은 '교리공부를 해서는 안 된다'를 의미하는 야릇한 단어일 뿐이었다. 왜 그런지는 신만이 알리라.

어느 날 나는 성스러운 사람이 되기로 마음먹었다. 나는 매일 밤 침대에 앉아 벽을 마주보고 두 손을 모아 기도를 했다. '하느님 아버지'라는 말로 시작해 마지막으로 성호를 그었다. 성호를 그을 때는 특히 정성을 들였다. 나를 고양시키는 것은 바로 성호였다. 나는 성부와 성자와 성령의 이름으로, 라고 소리 내어 읊조렸고, 아멘, 이라고 엄숙하게 마무리했다. 어느 날 밤 그렇게 성호를 긋고 있는 나를 어머니가 보고 깜짝 놀라 외쳤다. "애야, 너 지금 뭐하는 거니!? 앞으로는 그런 거 절대로 해서는 안 된다! 네가 이러는 걸 할머니가 보셨다간 돌아버리실 거다!" 나는 너무 놀란 나머지 아무 질문도 할 수 없었다. 어머니는 더이상의 설명 없이 나를 안아주었다.

나는 당혹스러웠고 재난이라도 당한 것 같은 기분이었다. 내가 동급생들의 가족 모두가 권장하는 그런 성스러운 동작을 하는 것을 보면 어째서 우리 할머니는 돌아버리실까? 내가 지옥에라도 떨어졌단 말인가? 세귀르 공작부인의 작품이나 그림 동화 같은 지극히 정상적인 이야기에 나오는 착한 아이들은 내가 조금 전 했던 그대로 기도를 하지 않던가. 모두가 그 일을 긍정적인 시선으로 보는데 어째서 나는 그래선 안 된단 말인가? 우리집 요리사 콘치타가 스페인어로 무어라 중얼거리면서 천장을 바라보며 성호를 긋는 걸 얼마나 여러 차례 목격했던가? 모두들 그랬다! 그런데 나는 왜 안 된단 말인가!

이내 나는 부당하다는 고통스러운 느낌에 사로잡혔다. 나는 착한 아이가 되고 싶고 스스로를 성스럽게 만들고 싶은데 사람들이 그런 나를 존중해주지 않는 것이다. 순전한 고양 상태에서 갑자기 치명적인 방해를 받은 것이다. 다음날 내가 도대체 어떻게 된 일인지 묻자 누군가가 이렇게 대답했다. "유대인들은 성호를 긋지 않는단다." 나는 그 이상의 설명은 들을 수 없었다. 그 말을 듣고 나는 유대인들이란 특이하고 알 수 없는 사람들인 모양이라고 생각했다.

6일 전쟁[3] 이후 우리 아버지는 비타협적이고 신화적인 방식으로 '유대인'이라는 단어를 집 안에 도입했다. 내 감정은 부끄러움에서 희열로 옮겨갔다. 그 후 유대인이라는 단어―여전히 정확한 의미를 몰랐다는 것은 중요하지 않다―에 나는 강한 자부심을 느꼈다.

　이렇게 해서 나는 지나치게 어린 나이에 나도 모르게 권력을, 불합리성을, 신분이 지닌 양면적인 마법을 알아버렸다.

3　1967년 아랍연맹과 이스라엘 간에 일어난 6일간의 전쟁.

마문

//

//

//

빌리에 대로 101번지에서 마문이 조용히 죽어간다.

마문은 세상의 무관심 속에서 나날이 조금씩 생기를 잃는다.

날씨가 좋으면 그녀는 느리긴 해도 프레르 광장까지 걸어갈 수 있다. 그녀는 함께 간 사람과 그곳 벤치에 앉는다. 거기에서 삶의 마지막 소리를 듣는다. 마치 더이상 앞이

보이지 않는 것처럼. 그럴 때 그녀의 얼굴에는 무슨 일인지 애써 알아내려는 것 같은 감동적인 표정이 떠오른다.

얼마 전 H.가 그녀의 손가락 사이에 인동덩굴 가지 하나를 쥐여 주었다.

"이것 좀 만져봐, 엄마, 니스가 생각나지 않아?"

마문은 아무 말 없이 그 가지를 받아 쥐었다. 그녀는 돌아오는 길 내내 그 가지를 손에서 놓지 않았다.

마문은 이제 더이상 사람들이 자신에게 하는 말을 이해하지 못한다. 하지만 상대의 감정은 고스란히 느끼는 것 같다. 그녀의 손을 잡거나 입맞춤을 하거나 쓰다듬는 것은 그녀에게 분명한 언어다.

마문은 너무나도 연약하다. 결코 불평하지 않고 자신의 운명을 겸손하게 받아들이는, 금방이라도 날아갈 것 같은 말없는 깃털. 가만히 앉아 움직이지 않는 연약한 나뭇가지 같은 자그마한 여인. 그녀는 다가오는 사람들에게 아무것도 기대하지 않는다. 사람들은 요란스럽게 안녕하세요, 를 외치고는 더이상 입을 열지 않는다.

마문이 활기를 찾을 때는 아이가 눈앞에 지나갈 때다.

그 아이가 자신에게 무관심하다는 것, 이미 가버렸다는 것을 알아채지 못한 그녀는, 그 나이와 어울리지 않는 고운 목소리로 조그맣게 지저귀는 소리를 내며 아이를 어른다.

나는 그 작은 소리가 너무나도 부드럽게 허공에 흩어지고 마는 것이 안타까워 얼른 입을 열어 그 말에 장단을 맞춘다.

오늘 우리는 마문의 아흔다섯 번째 생일 파티를 했다. 그녀의 80세 때가 떠오른다. 그 시절 마문은 놓치는 것 없이 보고 유쾌하게 농담하고 활기차게 종종걸음을 쳤다.

그 시절 그녀는 우리 중 하나였다. 우리 살아 있는 자들, 과정 한가운데 있는 존재들. 그 시절 우리는 그녀에게 이야기를 했고, 그녀에게 전화를 했고 그녀와 같이 다녔다. 그녀의 감각이 하나하나 그녀에게서 떨어져나가자 우리 또한 그녀를 버린다.

H.와 G.가 집을 비운 열흘 동안, 우리는 그녀를 보러 갈 시간을 겨우 반시간밖에 내지 못했다.

그녀가 빌리에 대로 101번지의 어둑한 아파트에서 간병인 아주머니 외에 아무도 없이 지내고 있다는 것을 잘 알고 있으면서도 알량한 반시간 밖에 내지 못했다.

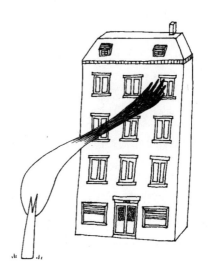

목걸이

//

//

//

이번 주 초 나는 진청색 바탕에 가는 회색 줄무늬가 있는 광택나는 정장바지를 하나 산다. 다음 주 금요일 런던 사보이에서 열리는 시상식에서 연설할 때 입으면 딱이겠는걸, 하고 생각한다. 길을 걸으며 나는 생각을 계속한다. 점잖으면서도 어느 정도 우아하고 살짝 남성적이니까 작가가 점심 식사 자리에 입고 가기에 적당해.

함머클라비어

집에 와서 그 옷을 두 차례 입어보고 내린 결론은 지나치게 점잖다는 것. 목걸이 같은 것으로 힘을 좀 줘야겠다는 생각이 든다.

이틀 후 나는 봉마르셰 백화점에서 여성판매원의 상술에 홀려 긴 진주 목걸이 두 개를 사서 걸고 그곳을 나선다.

바지나 목걸이에 대해서는 더이상 생각하지 않은 채 낮 시간을 보낸다. 이윽고 저녁이 된다. 오늘 저녁에는 외출할 일이 있다. 친구 세르주와 플레옐 홀에서 마우리치오 폴리니의 베토벤 초기 소나타를 듣기로 했다. 새로 산 목걸이를 하고 가면 어떨까?… 욕실 거울에 비친 내 모습은 기대했던 바는 아니다. 하지만 거울이 뭘 알겠는가? 목걸이를 이렇게 저렇게 걸어보는 내게 거울은 극히 단호하게 줄곧 아니라고 말한다. 하지만 거울은 의미 있는 판결을 내릴 만한 능력이 없다. 대상과 지나치게 익숙한 거지, 하고 중얼거리며 나는 남은 또 하나의 목걸이를 팔찌 삼아 손목에 네 차례 감는다. 효과가 나쁘지 않다. 세르주가 도착하고 우리는 집을 나선다. 딱하게도 아내와 별거를 시작할 참인 세르주는 자동차 안에서 이런저런 걱정거리를 고통스러운 어조로 풀어놓는다.

베토벤 피아노 소나타 1번 작품번호 27. 내가 폴리니의 연주를 마지막으로 들은 것도 여기서였지, 하고 생각하며 나는 무심히 한손으로 목걸이의 진주알을 쓸어내린다. 그때 폴리니는 독일 작곡가 스톡하우젠의 작품을 연주했었어. 그러면서 나는 봉마르셰 백화점의 여성판매원과 그녀의 끔찍한 미소를 떠올린다.

휴식 시간 동안 우리는 홀 안을 이리저리 어슬렁거린다. 세르주가 나에게 초콜릿 아이스바를 하나 건넨다. 우리는 잠시 음악에 대해 이야기한다. 하지만 우리의 대화는 이내 그의 아내와 이혼에 관한 것으로 옮겨간다. 그는 힘들어한다. 나는 물론 그 사정을 이해한다. 그는 힘이 든 것이다. 하지만 모두들 힘들다. 이 플레옐 홀 안에서 이 순간 그의 이야기를 듣고 있는 나는 힘들지 않단 말인가? 그가 조금 전 나에게 폴리니 연주를 칭찬한 것으로 미루어 그는 이 연주회를 한껏 즐기고 있는 게 분명하다. 나로 말하

자면 생각에 짓눌려 단 하나의 음이라도 제대로 감상했던
가? 이 세르주란 친구는 얼마나 이기적인가! 시시콜콜한
자기 가정사로 후안무치하게도 나를 녹초로 만들다니. 바
로 오늘 이토록 한심한 실수를 저지른 나를 말이다. 오늘
저녁, 누가 뭐래도 더 엉망인 건 그의 삶이 아니라 내 삶
인 것 같다.

"내 말 좀 들어봐." 내가 그의 말허리를 자른다. "당신
한테 진지하게 물어볼 게 있어. 솔직하게 대답해줘야 해.
솔직한 대답을 내가 감당할 수 있을지는 모르지만 말야.
하지만 가까운 친구로서 당신은 사실을 말해줘야 해. 약속
해, 솔직히 말하겠다고."

"약속해." 세르주가 얼굴이 하얘져서 대답한다.

"이 목걸이 어떻게 생각해?"

"…끔찍해."

"그럼 이 팔찌는?"

"그건 더 끔찍한걸."

"당신 말이 맞아. 그런데 이제 당신과는 절교야."

끔찍한 증식

//

//

//

세상은 물건들, 책들, 그리고 물건들에 대해 말하는 책들로 '헤아릴 수 없을 만큼' 넘쳐난다.

사람들은 모아들이고, 책들은 사람들이 모아들이는 것을 모아들인다

본다, 테이블 위의 책들, 책들을,

사진집들, 미술책들, 다른 책들에 대해 말하는 책들을.

함머클라비어

그리고 이번에는 우리 자신이 또 다른 책에 세상을 담아낼, 이 끔찍한 증식을 담아낼 준비를 한다, 그렇잖아도 많은 더미에 자기 자신의 메아리까지 덧붙이기 위해.

지나간 시간

//

//

//

내가 기뻐하리라고 생각하고 M.은 어린 시절 그와 내가 엑셀망 대로의 인도 위에서 포즈를 잡고 있는 사진을 가져와 보여준다.

나는 사진을 응시한다. 사진 중앙에 자리 잡은 M.과 나를 바라보는 동안 우리의 모습은 점차 사라지고 우리를 둘러싼 것들이 눈에 들어온다. 우리의 옷차림, 간판, 자동차,

사진의 빛깔, 그날의 날씨, 존재하는 것 그리고 그 사라짐과 연관된 모든 징후들이.

불안정하다는 점에서 보면 모든 인물은 하나의 그림자다.

어머니는 나와 관련된 기사를 오려서 보관한다.

어머니는 거기에서 내가 세상에 존재하는 증거를 본다. 어머니는 그 증거들이 미래를 보장할 수 없음을 깨닫지 못한다.

나는 그런 기사들을 하나도 갖고 있지 않고, 요즘은 거의 읽지도 않는다.

오만해서? 초월해서?

아니다. 두려움 때문이다.

그 종잇조각들이 초래할 무의미함에 대한 두려움, 그들의 잔인한 아이러니에 대한 두려움, 회오에 대한 두려움, 시간에 대한 두려움.

어떤 공상

//

//

//

몹시 힘든 어느 날 그녀는 르 디방 서점에서 〈르 메사주 외로팽(유럽의 메시지)〉을 한 권 산다. 그 잡지에서 그녀는 에밀 시오랑[4]의 미발표 작품을 발견한다. 페이지를 넘겨 가며 분량과 주제를 파악하던 그녀가, '내 고향'이라는 제 목 앞에서 동작을 멈춘다.

'내 고향'이라는 단어는 그녀에게 시오랑의 다른 글, 곧 그가 동생에게 쓴 때늦은 편지의 한 구절을 연상시킨다.
"코스토 보치Coasta Boacii를 떠나와서 좋을 게 뭐가 있니?"

두 극단. 존재가 요구하는 상반되는 두 대척점.

우선 코스토 보치를 보자. 시오랑이 유년을 보낸 마을,
그 언덕. 그가 열 살 때까지 살았던 곳, 그 자체로 충분한
지평선, 욕망이 아닌 희망으로 가득찬 소박한 마음.

그리고 내 고향이 있다. 나의 재산, 나의 소실점, 소속
되고 싶은, 태어나고 싶은 고갈되지 않는 욕구, 나의 유토
피아.

그 힘든 날 낮 동안 플로르 카페 2층에서 그녀는 자신의
상황에 대입해 그 작품을 읽는다.

모든 이에게는 각자 자신의 고향이 있다. 고향은 쉽게
바뀌는 꿈의 대상이다. 고향의 유일한 형태는 결핍.

---

4 Émile Cioran(1911~1995), 프랑스어로 작품 활동을 한 루마니아 작
   가. 염세적인 아포리즘으로 이루어진 에세이들로 '절망의 절정에' 선 존
   재의 고뇌를 담아냈다.

창조적인 사람들은 아무것도 아닌 것으로 작품을 만들어낸다. 그들은 최소한의 동작만으로도 빛나고 그 동작을 절대적인 것으로 끌어올린다. 공허를 채우고, 사물과 존재들을 그들의 눈높이까지 끌어올린다. 유일한 비극은 그들이 자신들의 행동을 깨닫지 못한다는 것뿐.

다른 때에는 명징함을 자랑하는 그들이 이 경우에는 자신들이 상대를 조정했다는 것, 다시 끌어올렸다는 것, 변형시켰다는 것을 깨닫지 못한 채 상대를 홀린 듯 응시한다. 열정적인 사랑에 휩싸인다, 자신이 바라보는 상대만이 존재하는 것, 그게 분별을 넘어서는 현상이라는 것을 막연히 감지하면서.

하지만 어느 날, 자신이 선택한 상대의 특징이 안타깝게도 가차없이 스러져버리고 있는 그대로의 모습이 드러난다. 뿌리가 서로 뒤엉킨, 자기 자신의 휘어짐 때문에 이미 휘어진 딱하기 짝이 없는 갈대, 갈대들 중에서도 약하디약한 새싹 갈대의 모습이. 그것은 세찬 바람에 한 순간 꺾이면서 하늘을 향해, 우연의 공간을 향해 고개를 내민다.

카탈로그에게 보내는 작별인사

//

//

//

어느 날 조제프 H.를 길에서 만난다. 최근 그의 어머니를 만났던지라 나는 그에게 어머니가 옛날 그대로더라고, 정말 건강한 것 같다고 말한다. 예, 하고 그가 대답한다. "모친은 육체적으로는 변함이 없으세요. 하지만 기운이 전과 같지 않답니다." 그러더니 정말이지 불안해하는 얼굴로─나도 분명히 느낄 수 있는─자신의 어머니가 세상

일에 무관심하다는 것을, 직접적인 즐거움을 주는 것이 아닌 모든 것에 흥미를 잃어버렸음을 알려주는 여러 징후들을 내게 열거하기 시작한다. "제 모친은 이제 먹을 것 외에는 좋아하시는 게 없답니다." 그는 어이없어하는 얼굴로 내게 말한다. 그리고 자기 어머니의 안타까운 정신적 쇠퇴의 예로 다음과 같은 일화를 들려준다. "제 모친은 언제나 미술작품을 좋아하셨죠. 내가 여행을 갈 때마다 저는 모친에게 현지에서 열린 전시회 카탈로그를 가져다드립니다. 그 카탈로그들을 살펴보고 어머니와 함께 비평을 하는 것은 언제나 즐거운 일이었어요. 그런데 요즘 저희 모친이 카탈로그를 넘겨보는 건 그저 저를 즐겁게 하기 위해서랍니다. 좋아하는 척하시는 거죠. 전 분명히 느낄 수 있어요." 그는 정말이지 서글픈 어조로 말한다. "어머니는 그것에 전혀 관심이 없으세요. 그 어떤 것도 눈여겨보지 않으세요. 모든 게 시들하신 모양이에요." 나는 안타깝다는 표정으로 고개를 내젓고, 동정의 감탄사를 추임새로 넣는다. 하지만 내 안에는 그런 향수 어린 두려움에 공감

할 수 없는 무엇인가가 있다. 나는 생각한다. 여든세 살이
된 노인이 어째서 미술 카탈로그에 관심을 가져야 한단 말
인가? 죽음에 가까운 그 시기는 예술이니 문화니 하는 인
간의 가식과 끝장을 낼 때 아닌가? 나는 생각했다. 여든세
살이라면 그런 것들로부터 배워야 할 바를 이미 배운 나이
아닌가. 진실이 그런 데 있는 것이 아니라는 것을, 인간은
사는 것보다 꿈꾸는 데 더 유능하다는 것을 말이다. 나는
조제프 H.의 어머니에게 완전히 공감하면서 생각했다. 그
런 것들은 기껏해야 우리가 시간의 강을 건너는 데 도움을
주었을 뿐 아닌가. 그래, 하고 나는 조제프가 한탄하는 소
리를 들으며 생각했다. 이런 '것들', 곧 예술과 문화는 우
리에게 살아내야 할 시간을 파악하기 어렵게 만든다. 그런
신비화는 내가 뭔가 되고자 하는 동안에는 매력적이지. 나
는 나이에서 그리고 모든 점에서 또다시 H. 부인에게 완
전히 나 자신을 이입해서 생각했다. 친애하는 조제프, 우
리가 더이상 뭔가가 되는 일에 관심이 없어지는 때가 와
요. 나는 그가 시간 한가운데서 사는 사람다운 장광설을

늘어놓는 동안 좀 신랄한 기분으로 생각했다. 그런 상황에서 도대체 그 어떤 카탈로그가 우리의 마음을 사로잡을 수 있겠어요? 도대체 그 어떤 공허한 아름다움의 나열이, '걸작'의 나열이 우리의 활력을 되찾게 할 수 있겠어요? 아무도 더이상 탐내지 않을 존재가 될 때, 차가운 침대와 허무 외에 그 어떤 전망도 우리 앞에 남아 있지 않을 때, 우리는 더이상 아무것도 욕망하지 않게 될 거예요.

어떤 만남

//

//

//

1987년 2월 어느 날 당시 무명이었던 나는 아버지와 리프네 식당에서 점심을 먹는다.

그전에 나는 얼마 전부터 라 빌레트에서 연극으로 공연 중인 내 첫 희곡집 한 권을 샀다. 나는 아버지의 친구인 아르튀르를 위해 책에 서명을 했고, 아버지는 식당을 나서며 그 책을 주머니 속에 넣었다. "이제 넌 어디로 가니?"

함머클라비어

"집으로요."

"내가 걸어서 널 데려다주마." 아버지가 말했다.

우리는 나란히 렌 가를 걷는다. 갑자기 맞은편에서 조금 짧은 듯한 회색 외투에 목을 파묻은 남자가 나타난다.

"저기 누가 오는지 좀 보렴!" 아버지가 외친다. 나는 레몽 바르를 알아본다. 아버지는 환한 미소를 지으며 걸음을 멈추고는 레몽 바르를 맞을 태세를 갖춘다.

"저 사람이 아버지를 알아볼까?" 나는 그렇지 않을 거라고 확신하며 생각한다.

레몽 바르가 이미 우리 앞에 와 있다. 아버지가 열의에 차서 악수를 청하며 그에게 말한다. "바르 씨, 제 딸아이 야스미나를 소개하겠습니다. 요즘 안 나오는 데가 없는 대작가랍니다!"

전혀 당황한 기색 없이 레몽 바르는 예의 바르게 나에게 인사한다.

"장관님, 이러시지 마십시오…." 내가 더듬거렸다.

"아닙니다… 아니에요…. 사실 저는… 어쨌든 축하합니

다….”

우리의 포옹에 열중해 그의 말을 제대로 알아듣지 못한 듯 아버지는 주머니에서 내 책을 꺼낸다('아르튀르에게'라 고 서명이 되어 있는 그 책을 그에게 주는 끔찍한 실수를 저지 르는 게 아닐까?).

레몽 바르는 친절하게도 고개를 끄덕였다. 공포에 사로 잡힌 나는 이렇게 되풀이해서 말한다. “이러실 필요 없습 니다…. 아버지는 상황을 잘 모르셔서….”

“그럴 리가요…. 사실 그 책의 제목이….”

아버지가 다들 익히 아는 얘기로 시간 낭비하고 싶지 않 다는 듯 기운찬 목소리로 말허리를 끊는다. “너도 알지 모 르지만 얘야, 바르 씨도 우리처럼 음악을 무척 좋아하신단 다! 안 그렇습니까, 장관님?” 다음 순간, 내가 이 뜻밖의 화제 바꾸기에 대해 생각해볼 여유를 갖기도 전에 아버지 는, 쩌렁쩌렁 울리는 무슨 성악가 같은 목소리로 모차르트 현악5중주 K. 516의 첫 소절을 부르기 시작한다. “타릴라 라라라 티릴랄랄랄…” 아버지가 그 테마를 이어나가기가 무섭게 레몽 바르가 다섯 번째 소절로 응답하는 것이 아닌가. "티릴랄랄라라…" 역시 또렷한 목소리로 그는 다른 사람들의 시선에는 아랑곳하지 않은 채, 제1바이올린 부분을 기운차게 불러 젖힌다. 장갑 낀 손으로 허공을 휘젓는 아버지의 지휘 하에 자연스럽게 조바꿈을 하면서….

1987년 2월 춥고 흐린 그날 자동차들이 분주하게 지나가는 가운데 지금은 없어진 렌 가의 모노프리 마켓 근처를 지나가던 사람들은 두 남자가 목청 높여 모차르트를 노래하는 소리를 들었을 것이다. 한 사람은 베이지색 모직 외투 차림으로, 또 한 사람은 회색 모직 외투 차림으로.

삼 분 후 이윽고 자신들이 무슨 일을 하고 있는지 깨달은 두 사람은 서둘러 악수를 하고 헤어진다. 두 사람은 다시는 만나지 않았다는 후문.

눈부신 미소

//

//

//

어느 산장에서 알타와 내가 모포를 두른 채 얼싸안고 있는 사진이 있다. 정확히 말해서 우리가 부둥켜안고 있는 건 아니다. 알타가 갑자기 윗몸을 일으켜 얼굴을 렌즈에 갖다 댔기 때문이다. 그 애는 웃고 있다. 그 애는 여덟 살이다. 이보다 더 눈부신 행복을 드러내기란 어려울 것 같다. 알타는 기쁨에 가득차서 온 이를 다 드러내며, 아니

'앞니가 모두 빠진 빈 공간'을 드러내며 활짝 웃는다. 내가 쓰고자 하는 것은 바로 그것, 앞니 빠진 소녀의 기막히게 매력적인 미소다. 그 애의 벌린 입속에 젖니들과 구멍, 이제 막 나오기 시작하는 치아, 막 비집고 올라오는 톱니 모양의 어금니가 보인다. 심미적인 관점에서 보자면 이보다 흉한 미소도 없으리라. 하지만 그 애는 앞으로 이보다 더 멋진 미소를 지을 수는 없을 것이다. 이 사진은 눈물이 날 정도로 나를 감동시킨다. 당시 그 애가 새로 난 이를 보여주면 나는 얼마나 여러 번 감탄했던가. "난 네 이가 정말 좋아!" 알타는 웃는다. 내 말이 무슨 뜻인지는 잘 모르지만, 이빨이 빠지는 구강 상의 성장 단계를 그렇게 좋아할 수 있다는 것이 신기하다는 건 분명히 아는 것 같다. 그 애는 그런 나를 있는 그대로 받아들여주고 말로 표현해내지 못한 것을 이해한다. 시간 속에서 그토록 짧게 지속되는 덧없는 그 미소 속에는 극도의 연약함이, 상대를 매혹하는 일 따위에 대한 전적인 무심함이, 자신의 딱한 처지에, 자신의 불완전함에 대한 충실한 자기 봉헌이 있다. 요컨대 지극한 기품이 있다. 그 혼란스러운 영광의 불합리한 광채만큼 덧없는 것, 잉여의 것, 아무것도 아닌 것이 있을까. 그런 유익한 심연을 이 세상에 선사하는 이들은 그 나이의 아이들, 개들, 그리고 치장하지 않은 노인들뿐이다.

그 시절 알타의 미소만큼 내 눈에 눈물을 차오르게 할 수 있는 것은 없다.

한탄스러운 교육

//

//

//

세 살 반짜리 나탕과의 대화.

"어떻게 이렇게 끔찍한 짓을 할 수 있니! 어째서 상자 전체를 뒤집어엎지 않고는 이 작은 장난감들을 갖고 놀 수 없는 거니?!"

"이유가 있어서 그런 거야."

"그럼 누가 이 모든 걸 치우지?…"

"…"

"네가 즉각 주워 담으면 되겠다."

"아냐."

"어째서 아니라는 거야?"

"왜냐하면 난 장난감들을 주워 담고 싶지 않으니까."

"어째서 싫은 건데?"

"그러고 싶은 생각이 없어."

"하지만 어쨌든 네가 하게 될 거야."

"아니, 엄마도 알면서 그래."

"그럼 둘이 같이 하자. 엄마가 도와줄게."

"엄마 혼자서 해."

"어째서 엄마가 해야 해? 상자를 뒤집어엎은 사람은 엄마가 아니잖아!"

"하지만 장난감들을 주워 담고 싶어 하는 사람은 엄마니까."

"…우리 같이 하자. 그러지 않으면 엄마가 크게 화를 낼 거야."

"난 의자에 앉아 있을게, 엄마. 그리고 엄마가 주워 담는 걸 봐줄게."

그 애는 의자에 앉아서, 내가 사방에 흩어진 십여 개의 작은 장난감들을 주워 담는 것을 응시한다.

그 애는 오만하지도, 변덕스럽지도 않다. 사실 아주 착하다. 심지어는 내 행동에 진심으로 관심을 보인다.

기어다니며 장난감들을 그러모으던 나는 내 교육 방식이 한탄스럽다는 것을 의식한다. 그런 감정을 벌충하기 위해 나는 우스꽝스럽게 굵은 목소리를 꾸며낸다. "엄마가 몹시 화가 났다는 거 너도 알 거야. 엄마가 지금 피곤한 상태인 걸 다행으로 생각해. 그렇지 않다면 네 엉덩이를 두들겨줬을 테니까."

그 애는 조금 떨어진 곳에 흩어져있는 장난감들을 손가락으로 가리켜 보이며, 내가 그 일과 불평을 끝내기를 따분한 얼굴로 기다린다. 사실 그 애의 관심은 이미 다른 것에 가 있다. 〈메리 포핀스〉의 곡조를 흥얼거리며, 그날 아직 부수지 않은 러시아 인형을 눈여겨본다.

"지나치게 조바심을 치는 나"

//

//

//

　슈테판 츠바이크에 관한 책《어떤 삶의 순간들》을 뒤적인다. 이 사진 저 사진을 들여다보며 책장을 넘긴다. 할머니 나네트, 할아버지 헤르만, 어머니 아버지 이다와 모리츠, 다섯 살 때 형 알프레트와 함께 포즈를 잡은 슈테판, 이름이 나와 있지 않은 보모, 테오도르 헤르츨[5], 마르틴 부버[6], 작가 힐레—소파만 아니라면 사진이 아니라 그

함머클라비어

림이라고 해도 믿을 것 같다ㅡ, 비엔나 프라터 유원지에서 친구들과 포즈를 잡은 학생 시절의 슈테판, 작가 아르투르 슈니츨러, 작가 휴고 폰 호프만슈탈, 벨기에의 카유키비크에서 아내 마르트와 함께 있는 시인 에밀 베라랭, 라이너 마리아 릴케, 오귀스트 로댕, 펠릭스 브라운[7], 엘제 라스커 쉴러[8], 결혼 전 성이 부르거인 프리데리케 폰 빈터니츠[9], 1916년경 비엔나 전쟁기록보관소에서의 슈테판 츠바이크, 헤르만 헤세, 제임스 조이스, 로맹 롤랑, 카푸치너베르크 산 속의 집 마당에서 양치기 개 롤피와 함께 포즈를 잡은 프리데리케와 슈테판, 지그문트 프로이트, 아르투로 토스카니니, 브루노 발터, 리하르트 슈트라우스, 편집인 몬다도리, 막심 고리키, 1936년 7월 벨기에 오스탕

---

5 Theodor Herzl(1860~1904), 헝가리 출신의 유대계 오스트리아 작가.
6 Martin Buber(1878~1965), 오스트리아 출신의 유대계 종교철학자.
7 Felix Braun(1885~1974), 유대계 오스트리아 작가.
8 Else Lasker Schuler(1876~1945), 유대계 독일 여성 시인, 극작가.
9 슈테판 츠바이크의 첫 번째 부인.

드에서 친구 요제프 로트[10]와 함께 있는 슈테판, 로테 알트만[11], 니스에서 각자의 아내와 함께 있는 쥘 로맹과 로제 마르탱 뒤 가르—이들 모두 이제 저세상 사람들이다. 이 책에 나오는 사람들은 유명인이든 무명인이든 모두 죽은 이들이다. 1940년 베스에 있는 자기 집에서 슈테판은 마름모꼴 무늬의 천이 덮인 소파에 앉아 시가를 피우고 있다. 그 앞에는 무늬 있는 낮은 탁자와 키 큰 스탠드가 놓여 있었을 것이다. 그 소파와 스탠드, 뒤쪽의 책들, 그리고 양탄자는 어떻게 되었을까?…

　이디시어로 글을 쓴 작가 숄렘 아슈, 베르톨트 브레히트, 외된 폰 호르바트[12], 폴 발레리, 헤르만 블로흐, 클라우스 만[13] 그리고 개 플루키, 이들은 무덤 속에서 다시 만

10　Joseph Roth(1894~1939), 유대계 오스트리아 기자, 작가.

11　슈테판 츠바이크의 두 번째 부인.

12　Oden von Horvath(1901~1938), 독일어로 작품을 쓴 오스트리아 출신 헝가리계 극작가.

13　Klaus Mann(1906~1949), 독일 작가. 토마스 만의 아들.

났을까?…

지상에서 엇갈린 그림자, 역사 속 그들의 존재만큼이나 미미한 존재, 그들의 친구 망명자 슈테판은 무덤 속에서 다시 만났을까?…

"지나치게 조바심을 치는 나." 슈테판은 그렇게 자신을 정의했다고 한다. "지나치게 조바심을 치는 나."

카페 베토벤, 버들가지로 만든 긴 의자, 독일 리폴트자우의 밀 이삭, 코흐 가세 8번지, 둥근 테 안경, 냅킨, 층계, 카푸치네베르크 산 속의 집, 의자들, 지구의, 열차, 잘츠부르크의 안개와 눈, 보트, 레버리스의 '스완' 만년필, 포석이 깔린 도시의 보도들, 이들은 이제 실재하지 않는다. 그들이 존재하기를 그만두어서가 아니라—그 재료, 그 돌들이 여전히 남아 있는지 누가 알겠는가?—더이상 창작의 대상이 되지 않기 때문이다. 우리가 집이라고, 우리가 의자라고, 우리가 정원이라고, 우리가 항구이고 카페이고 거리라고, 츠바이크 선생이 만들어낸 가공의 우주가 바로 우리라고, 우리가 그의 조바심의 배경이라고, 우리가 그 필멸의 인간에게 한순간의 빛을, '시간'의 직무를 부여해준 것이라고 더이상 말하고 있지 않기 때문이다.

함머클라비어

포르트 샹페레의 실존적 의미에 관하여

//

//

//

어느 날 그들은 함께 외곽순환도로를 타고 달렸다. 운전을 하고 있는 위고에게 안나가 포르트 다스니에르로 나가라고 말했다. 왜냐하면─그녀는 그렇게 말했다─포르트 샹페레가 없어졌거든.

포르트 샹페레가 있다고 확신하는 위고는 친절하게도 그녀의 말을 정정해준 다음, 액셀러레이터 위에 올려놓은 한쪽 발에 권위 있는 태도로 무심한 듯 힘을 줌으로써 그 논쟁에 종지부를 찍었다고 믿었다. 하지만 그는 잘못 생각했다. 길을 찾느라 한동안 주위를 배회하고 나면, 지각 있는 사람이라면 그렇게 경망스럽게 상대의 말을 무시한 그의 편을 들어줄 수 없을 터. 베튄 출신의 시골뜨기인 그가 이제 안나에게 물었다. 안나, 뇌이로 돌아가려면 어느 길로 가야 하지?! 그가 곤혹스러운 어조로 말하는 소리가 차 안을 채웠다—그들은 물론 몸싸움까지 했다. 견디기 힘든 압력 속에서 두 사람 모두 잘잘못을 따지기 전에 차는 포르트 다스니에르로 접어들었고, 그 순간 저 멀리 이제는 갈 수 없는 먼 거리에 포르트 샹페레의 윤곽이 드러났다. 고약한 일이 벌어졌고(게다가 그쪽으로 나옴으로써 불필요한 교통체증까지 겪었다는 이야기를 덧붙여야 한다). 두 사람 사이에 증오 어린 침묵이 자리 잡았다.

　각자 고통스러워하고 있었다. 그런데 두 사람이 똑같이 고약한 일이 벌어졌다고 말한다 해도, 서로가 느끼는 고약함의 종류가 다른 것이다.

위고는 부당하다는 느낌 때문에 고통스러워하고 있었다. 포르트 샹페레로 가는 길을 잘 알고 있었으면서도 못 찾는 실수를 저질렀다는 사실 때문에, 자동차 캐비닛 안에 지도가 없어서 안나의 말을 즉각 반박할 수 없었다는 사실 때문에 고통스러워하고 있었다. 그는 자기가 맞았다는 사실이 뒤늦게야 드러났다는 사실에 고통스러워하고 있었다. 왜냐하면 그는 자신이 안나보다 길 찾는 데 뛰어나다고 여겼던 것이다. 어쩔 수 없이 포르트 다스니에르로 나오고 만 자동차 안에서 위고는 질식할 것 같은 우월감 콤플렉스로 고통 받고 있었다.

안나는 위고의 애정이 식었다는 사실 때문에 고통스러워하고 있었다. 그가 그렇게 반응하지 않았다면, 그녀는 즉각 그리고 기꺼이 자신의 실수를 인정했을 터였다. 하지만 그의 오만한 태도, 사실 여부를 가리려는 옹졸한 집착, 그녀를 배려해주기보다 일반적으로 맞는지를 더 중요시한다는 사실 같은 모든 것이 근본적으로 그녀에게 상처를 입혔다. 어쨌든 그는 자신보다 포르트 샹페레를 더 좋아하는 게 분명했다. 포르트 샹페레의 물질성을 우선순위에 놓은 것이다. 그녀가 사랑한 이 남자는 포르트 샹페레가 없어졌다고 한 그녀의 말 이면에 어떤 실존적인 질서가 있는지 포착하지 못했다. 그녀가 불합리하고 완강하게 포르트 샹페레가 없다고 우긴 것은, 바로 그 불합리함과 완강함을 보면 알 수 있듯이 말하자면 하나의 실존적인 시험이었다. 세상보다 나를 우선시해줘, 그녀의 말은 그런 뜻이었다. 그런데 그는 그 말에, 아니, 난 포르트 샹페레를 더 사랑해, 라고 대답한 것이다. 나에게 맞서 세상을 옳다고 하지 마, 그녀가 사정했다. 그런데 그는, 아니, 난 딱하기 짝이 없는 당신의 비이성보다는 아스팔트와 표지판을 택하겠어, 라고 대답한 것이다.

위고는 나가는 길을 놓치고 싶지 않았다. 그런데 이 경우 그것은 비합리에 맞서는 이성이 아니라, 사랑에 맞서는 오만이었다.

포르트 샹페레가 엄연히 존재한다는 논리를 버팀목으로 해서 위고는 자신이 상대를 사랑하고 있지 않다는 것을 드러냈다. 논리적으로 행동하는 것을 자신의 당연한 권리라고 여기고 그에 심취한 나머지 그는, 그 소신때문에 평소라면 그를 둘도 없는 연인으로 만들어주었을 가치들을 희생시켰다. 그날 포르트 다스니에르에 대한 생각을 곱씹느라 그는 상대에 대한 감정이 완전히 메마른 건조한 남자가 되어 있었다.

오랜 시간이 흐른 후 그들이 그 비극을 파헤쳐 분석했을 때도, 그들 두 사람이 애정에 찬 마음으로 각자의 변명에 유머 한 방울을 더하기로 동의했을 때도, 다시 말해서 위고가 자신이 백퍼센트 잘못했다고 인정했을 때도 두 사람에게는 여전히 뭔가가 미진한 채로 남아 있었다. 두 사람 모두 또 다른 포르트 샹페레들이 있을 수 있다는 것, 사랑의 여정—예외 없이 모든 사랑의 여정—은 중요도를 가늠하고 한쪽을 던져버려야 하는 수많은 장소들로 뒤덮여 있다는 것을 마음속 깊은 곳에서 알고 있었던 것이다.

뇌의 어두운 반구

//

//

//

L.이 나에게 책 한 권을 주면서 열띤 어조로 추천한다. 특히 2부가 좋아, 그녀가 말한다.

나는 그 책을 읽는다. 1부를 읽으며 좀 불안한 마음이 들지만 상관없다. 2부는 분명 감동적이리라.

소개 글에서 읽은 바로 그 책의 저자는 역사학자였다가 도서관 사서가 된 여자다. 내가 감탄해야 한다는 그 소설

은 사랑하는 이에게 바치는 연가, 짜릿한 욕망의 시, 쾌락
의 송가다.

게다가 R. G.라는 사람의 다음과 같은 인용문이 들어
있다―이런 알레고리를 못 본 척할 수는 없는 법. "정액과
애액, 살 가치가 있는 바로 그런 순간들만 모아놓은 책."

어쨌든 자신의 몸과 펜을 사랑의 찬가에 담그기 전에 저
자는 우선 남편을 처리한다. 앞으로 로마, 에덴동산, 경작
지가 될 침대는 아직 진부한 침대일 뿐이고 그 속에서 남편
은 으스스한 존재다. 완고하고 근엄한 황소 같달까. 손도,
혀도, 몸도 없는 뻣뻣한 말뚝일 뿐. 하나의 굴착기일 뿐.

요컨대 이것이 비탄에 빠진 아내가 대략적으로 묘사한
자기 남편의 모습이다. 하지만 연인은… 아! 연인! 사랑하
는 남자와 여자는 끊임없이 출렁인다. 비단처럼 부드럽고
양털처럼 따스하며 물처럼 유연하다. 쉼표나 마침표가 거
의 없는 페이지들을 줄곧 유혹하는 극도로 외설적인 언어
들은 육체가 천상을 대신할 수 있음을, 그 사실을 아직 모
르는 이에게 그 사실을 알려준다.

이 책 속에서 사랑하는 남녀는 온갖 성배를 마시고, 육체를 관통하는 음탕한 말들을 구사하느라 진을 뺀다. 몸의 어느 구석도 방치되지 않고 온갖 장난들이 시도된다. 완전한 자유는 경이롭게도 찬란한 황홀이다. 남자의 성기, 온갖 형태를 취하는 그 귀여운 손잡이는, 사랑스런 작은 가로등, 엄지왕자 톰, 부드러운 화살 같은 온갖 애칭으로 불린다. 심지어 듀란달[14]이라고도 불리는데, 아무것도 두려워하지 않는 쾌락은 심술궂은 애정 역시 겁내지 않기 때문이다. 한편 여자의 노출된 성기는 '나팔과자'다. 여자는 행복에 겨워 미소 짓다가 이윽고 까르륵 웃음을 터뜨린다. 그녀의 목소리는 매끄럽다. 여자가 정액, 곧 원문대로 인용하자면 '아베 수리의 묘약'[15]을 삼킨다. 그들은 사랑에 눈먼 악동들처럼 희열 속에서 대담하기 짝이 없는 동작을 취하고, 외설스럽기 짝이 없는 자세를 장난스럽게 빤히 바

---

14 중세 서사시 〈롤랑의 노래〉에서 샤를마뉴 대제에게 받았다는 롤랑의 성검.
15 18세기 수리 신부가 제조한 약초즙.

라본다. 여자가 눈부신 모습으로 말한다. 성교는 유희라고. 여자가 말한다, 마침표도 쉼표도 없는 문장으로 성교는 유희라고, 이를테면 쉼표도 마침표도 없는.

나는 책을 내려놓는다.

하나의 이미지가 순간적으로 내 머릿속을 스쳐간다. 어느 날 저녁 이본 드 갈레의 손을 눈물로 갈구하는 '위대한' 몬느의 모습이다.[16] 그때 나는 열두 살이었다. 내가 그때까지 막연하게 알고 있던 것들이 분명하게 마음을 때렸다. 사랑의 사건들은 뇌의 어두운 반구 속에서 벌어지리라는 것, 그로써 얻어지는 희열은 고통과 분리할 수 없으리라는 것이.

책 속의 여자와 그녀의 듀란달이 내게는 까마득히 멀리 떨어져 있는 것 같다!

이 가벼운 여자, 온 세상 사람들을 위해 유쾌하게도 자기 기분의 자락을 걷어 올려 보여주는 이 여자는 나와 얼

---

16 《위대한 몬느》는 청춘의 모험과 사랑을 담은 알랭 푸르니에의 소설이다.

마나 다른가!

뇌의 어두운 반구 속 가벼운 성교의 지점(그런데 가벼운 성교라는 게 가능할까?). 뇌의 어두운 반구 속에서 서로 껴안은 존재는 아찔하게 추락한다. 서로를 안은 팔에 힘을 주면 줄수록 스스로를 잃는다. 뇌의 어두운 반구 속에서 상대의 무게는 이리듐[17]의 그것과 같다. 추락하는 그를 붙잡을 수 없다.

내가 상대를 그리워하는 일 같은 건 결코 없으리라. 상쾌한 얼굴, 행복한 해소도 결코 없으리라.

사랑, 우리가 스스로를 잃을 수 있는 유일한 것, 그 어두운 측면 속에서 나는 은밀하고 침묵하는 편을 택하리라. 왜냐하면 외롭지 않은 즐거움이 없고, '고통' 아닌 희열이 없으므로.

---

17 모든 금속 중 부식에 가장 강한 것으로 알려진 무겁고 잘 깨지는 흰색 금속.

30초간의 침묵

//

//

//

 12월의 어느 일요일 바르셀로나의 오래된 어느 거리에서 호세마리아 F.는 나에게 다음과 같은 이야기를 들려준다. 그가 열여섯 살 때의 일이다. 연극에 빠진 그 카탈루냐 청년은 아비뇽으로 날아왔다.[18] 호세마리아가 걸음을

---

18   아비뇽에서는 매년 7월 세계적인 연극 축제가 열린다.

멈추며 내게 말한다. 팔레 드 파프에서 제라르 필리프, 주느비에브 파주 주연의 〈마리안의 변덕〉[19]이 공연되고 있었어. 너도 기억할 거야, 옥타브의 이런 대사 말이야, 하고 그는 걸음을 멈추며 내게 말한다. "안녕 나의 청춘이여… 안녕 세레나데여… 안녕 나폴리여… 안녕 사랑과 우정이여…." "어째서 사랑에도 작별을 고하는 거죠?" 마리안이 묻지…. "난 당신을 사랑하지 않았어, 마리안. 당신을 사랑한 사람은 쾰리오였어."

그 말을 하고 옥타브 역을 맡은 제라르가 퇴장해. 이윽고 주느비에브 파주 역시 모리스 자르의 음악 속에서 모습을 감추고. 무대 위엔 어둠뿐 아무것도 없지. 그런데 말이야, 하고 호세마리아는 그 자리에 멈춰 서서 다시 몸을 부르르 떨면서 내게 말한다. 단언하건대 30초가, 적어도 30초가 흘렀어. 그 시간 동안 그 누구도 말하지도 움직이지도 않았어. 팔레 드 파프 홀 전체에 죽음 같은 침묵이 흘

---

19 알프레드 뮈세의 희곡 작품.

렸어. 단언하는데 적어도 30초 동안 모든 게 정지했어. 나는 사지를 온통 벌벌 떨고 있었어. 당시 나는 열여섯 살이었고, 바르셀로나를 막 떠나온 참이었지. 당시 그곳의 청중에게 뭘 기대하겠어. 사람들은 연극이 어떤 건지도 잘 알지 못했지. 이윽고 갑자기 홀 안에 있는 모든 사람들이 일어나서 박수를 치기 시작했어. 30초간의 완벽한 침묵 후에 말이야.

얼마나 큰 행운인가, 하고 나는 생각한다. 얼마나 큰 행운인가. 그 연극을 볼 수 있었다는 게 행운이라는 말이 아니다. 제라르 필리프나 주느비에브 파주 같은 훌륭한 배우들 때문이 아니다—나 역시 연극의 위대한 순간들을 경험해보지 않았던가, 나는 생각했다—, '그런' 청중을 만날 수 있었다는 것은 얼마나 큰 행운인가. '참여하지 않는' 행운의 시간을 경험할 수 있었다니 얼마나 큰 행복인가. 아주 단순하고 솔직하게 받아들이기—아마도 가장 고상한 태도일 것이다—만 하면 되는 시간, 스스로를 표현하고 증명하는 것, 요란하고 눈에 띄는 '자신'이 되는 것과는 상관없는 시간. 나는 생각한다. 오늘날 우리는 어떠한가? 연극의 마지막 소절이 끝나자마자 사람들은 박수를 친다. 침묵은 찾아볼 수 없다. 뒤로 물러서는 침묵은 단 한 순간도 없다. 어서, 박수를. 어서, 너 자신을 표현해, 어서 존재감을 드러내, 어서 말을 해, 그토록 중요한 당신의 견해를 목이 터져라 외치라고. 호세가 자기 이야기의 최고 순간, 곧 30초간의 침묵에 대해 다시 말하는 것을 들으며 나는 생각한다. 사람들은 자신들이 그 천박한 공동체에 속한다는 것을 자랑스러워한다. 새롭게 부상한 지적이고 박식하며 천박한 청중 공동체, 이른바 '고급 청중', 나대고 호들갑 떨고 아는 척하는 사람들, 자신이 본 공연을 지지할 것인지 저주할 것인지를 분별하는 무리 속에 속한다는 것을 그토록 자랑스러워하는 사람들. 나는 생각한다. 이 상스러운 공동체는 품위조차 없어. 소수로서의 특권을 소중하게 생각하지도 않아. 이 새로운 신도들은 오히려 자신들이 다수에 속한다는 데 행복해하지. 마지막 대사가, 마지막 음이 끝나기가 무섭게 자신들의 거친 함성을 내지르고 싶어서 조바심을 치는 거야. 합법적인 자신들의 요란한 함성으로 연극의 마지막 한숨을 뒤덮고 싶어서, 자신들의 역겨운 자유를 세상에 공표하고 싶어서 안달이 나 있는 거야.

형제들

//

//

//

　미국 극작가 토니 커시너의 연극 〈미국의 천사들〉은 내게 다음의 사건을 생각나게 한다.

　아버지는 언제나 내게 말했다. 유대인들이 동성애자가 아니라는 건 하나의 법과도 같아. 우리 민족 중에서 동성애자는 없어, 그는 진지하게 말하곤 했다. 그 문제에 대해서는 재론의 여지가 없었다. 내가, 유대인이면서 동성애자라는 두 가지 특이사항을 동시에 지닌 친구나 유명인의 이름을 대면, 아버지는 어딘가에서 실수가 있었을 거라고 일축했다. 내가 말하는 그 사람이 엄밀하게 말해서 유대인이 아니거나 사람들이 말하는 진짜 동성애자가 아니리라는 것이었다.

꼭 말해두어야 할 것은, 아버지가 일종의 동성애자 공포증을 갖고 있었다는 사실이다. 그 공포증은 아주 미묘하게 드러났고, 도덕적이라기보다는 신체적인 경향을 띠었다. 요컨대 아버지에게 동성애자란 지나치게 가까워지지만 않는다면 좋은 관계를 유지할 수 있는 그런 사람들이었다.

하지만 그런 아버지가 친한 친구의 아들로서 백퍼센트 유대인인 폴 N.이 여러 해 전부터 남자 애인과 공공연하게 동거하고 있다는 사실을 받아들여야만 하는 날이 왔다. 아버지가 그 사실을 알게 된 것은 상당히 극적인 상황에서였다. 왜냐하면 바로 그날 폴이 에이즈에 걸렸다는 소식을 들었던 것이다.

대개의 경우 아버지는—이건 유대인들의 특이한 특징

이 아닐까?! — 전염을 두려워했다. 폴과 그의 가족에게 닥친 불행에 대해 진심으로 마음 아파했음에도 불구하고, 아버지는 거리감을 드러내지 않기 위해 아주 신중하게만 그 감정을 드러냈을 뿐이었다.

폴은 에이즈 진단을 받은 지 몇 년간 그런 대로 건강을 유지했다.

1989년 아버지는 암으로 인해 수술을 받았다. 그 후 몇 달간 잘 지냈지만, 몸속에서 암이 은밀하게 자라나 아버지의 생명을 위협하고 있음이 1992년 드러났다.

그해 여름 폴은 우리가 휴가를 보내기 위해 빌린 스위스의 산장으로 우리를 보러 왔다. 우리 앞에 나타난 폴은 여위고 창백했다. 아버지 역시 여위고 힘이 없었다. 점심 식사가 끝나자 아버지는 습관대로 낮잠을 자기 위해 자리를 떴다. 문턱에서 아버지는 뒤로 돌더니 다시 돌아왔다. 얼떨떨한 우리의 눈길을 받으며 아버지는 폴을 품에 꼭 껴안고 입맞춤을 하고는 그를 안은 팔에 힘을 주며 나직하게 말했다. "우리 두 사람은 겨우 살아남았군그래."

오늘날의 사람들

//

//

//

　"난 텔레비전 내용 자체보다 전쟁 장면이 좋아요." 권태로운 파티의 웅성거림 속에서 여자가 남자에게 말한다. 그들은 둘 다 금방이라도 일어날 사람들처럼 소파 가장 자리에 앉아 있다. 서로에게 아무 유대감도 없으므로 무슨 말이든 할 수 있다는 듯이. "특히 깎아지른 지형을 배경으로 일어나는 전쟁 말이에요. 아프가니스탄 전쟁 장면이 무척 마음에 들어요, 체첸 전쟁 장면도 좋고요. 더 좋은 건, 이건 진짜 전쟁이라고는 할 수 없지만, 이라크와 쿠르드 간의 싸움 장면이랍니다."

"당신 취했소?" 남자가 묻는다.

"아뇨, 난 전혀 취하지 않았어요. 아주 진지하게 하는 말이에요. 제가 보는 건 사람들이 아니라 배경이 되는 풍경이에요. 저는 인간들의 비극에는 관심이 없어요. 제가 관심을 갖는 것은 그 뒤의 산들, 그 뒤의 광채예요. 사람 너머의 배경에 주목하면, 시간이 팽창되죠. 옛날에도 바로 그곳에서 수많은 사람들이 죽었는데, 어째서 오늘날 사람들이 죽는 게 더 중요한 거죠?"

외제니 그랑데

//

//

//

발자크의 모든 소설 중에서 《외제니 그랑데》에 나오는 외제니는 논란의 여지없이 과거의 나, 그리고 현재의 나와 가장 가까운 인물이다.

어느 날 내가 그렇게 말하자, 상대는 웃음을 터뜨렸다. "정말? 당신과 비슷하다고! 어떤 점에서 당신과 비슷한데?" "모든 면에서." 내가 대답한다.

함머클라비어

이 책을 나는 열다섯 살인가 열여섯 살 때 읽었다. 사실 소설의 줄거리는 이제 거의 기억나지 않는다. 분명한 것도 전혀 없다. 감정에 대한 단순한 기억 역시 사실이 아닐지도 모른다. 그 감정에 수반되는 이미지 역시 아마도 내가 만들어낸 것이리라.《외제니 그랑데》에서 내 마음에 남은 것은 모두 사실이 아니다. 실제로 쓰인 것이 아니다. 책 속에서 실제로 발견할 수 있는 것이 아니다. 아마도 나는 외제니의 작은 세상을 지나, 소뮈르 가로부터 암담한 빛이 들어올 뿐인 열린 커튼을 지나, 돌집 안에서 반복되는 일요일들을 지나 멀리 나아간 것 같다.

《외제니 그랑데》는 나의 《타타르 사막》[20], 나의 《고도》[21], 내 시간의 묘지다.

《외제니 그랑데》로부터 남은 것은 추시계의 아득한 소리, 시골의 소음, 포플러, 권태와 결핍의 낟알이다.

---

20 이탈리아 작가 디노 부차티Dino Buzzati(1906~1972)의 소설.
21 아일랜드 출신 프랑스 작가 사무엘 베케트Samuel Beckett(1906~1989)의 희곡.

《외제니 그랑데》에서 남은 것은 '닿을 수 없는' 삶이다. 내가 즐겁고 행복하며 '삶 자체'를 살고 있다 해도, 내가 어디를 가든, 내 운명이 어떠하든 나는 외로운 들판에 서 있고, 잊힌 이들의 슬픔에 눈물을 흘린다.

함머클라비어

그러겠다고… 말하기

//

//

//

　겨울 어느 날 파리에서 D. 씨는 자기 집 우편함에서 우편물을 꺼낸 다음 아침 산책을 나선다. 그는 우편물을 외투 주머니에 넣는다. 왜냐하면 그의 나이에 기분 전환이 되는 일들을 겹쳐서 처리하는 건 어리석기 때문이다. 우편물을 여는 게 특별히 기분 전환이 된다고는 할 수 없지만, 요컨대 그는 한때 잘나가던 인물로서 여전히 이런저런 사람들과 친분을 유지하고 있었다.

그래서 그는 그 편지들을 뜯지 않은 채 공원으로 가서 평소대로 한 바퀴 돌았다. 기온은 낮았지만 화창한 날씨였다. 분수를 한 바퀴 돈 다음 그는 그 순간을 좀더 음미하고 싶어서 철로 된 벤치 위에 앉았다. 그러고는 주머니에서 우편물을 꺼내 별 생각 없이 편지를 분류했다. 그중에서 사적인 성격의 우편물인 듯한 꽤 두꺼운 편지 한 통이 그의 눈길을 끌었다. 그는 그 편지를 열어보기로 마음먹었다. 그는 장갑을 벗지 않고 봉투를 뜯었다.

안에는 편지지 두 장이 들어 있었다.

그는 첫 장을 읽었다.

"…넉 달 전 제 모친이 돌아가셨습니다. 유품을 정리하다가 모친이 선생님께 쓴 편지를 발견했습니다(봉투에 선생님 성함이 씌어 있더군요). 오늘에야, 다시 말해서 30년 후에야 이 편지를 보내는 것을 양해해주시리라 믿습니다. 감사드리며…."

그는 두 번째 편지를 펼쳤다….

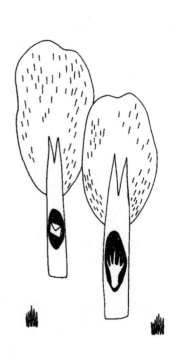

"…본심과는 다른 제 거절을 이제 그만 존중해주실래요? 어째서 당신은 나의 거절을 그렇게 곧이곧대로 존중하는 건가요? 내가 당신을 바보나 겁쟁이로(둘 중 어느 게 나쁜지 모르겠군요) 여겼으면 좋겠어요? 당신은 내가 특이하다고 여기저기에 말씀하시나 본데, 이렇게 평범하게 복종하고 싶어하는 제가 특이하다니요? 제발 부탁드리는데, 지성인인 척하지 마세요. 자존심 같은 건 잊어버리시라고요. 당신이 그 알량한 자존심보다 훨씬 나은 존재라는 걸 내가 알게 해달라고요. 용기를 내서 내 거절을 무시하세요. 용기를 내서 규칙을 깨뜨리세요. 내게서 항복을 받아내 달라고요. 왜냐하면 이걸 아셔야 하니까요. 난 복종하는 걸 좋아해요. 굴복하는 걸 좋아해요. 말하고 싶다고요… 그러겠다고."

그는 눈길을 들었다. 갈매기들이 수면을 스치며 울고 있었다. 어째서 저 갈매기들은 그렇게 먼 길을 와서 고작 분수의 고인 물 위를 날고 있는 것일까?

어느 아침

//

//

//

　모니크는 과부다. 그녀는 니스에서 개와 단둘이 산다. 모니크는 고약하지 않다. 그저 삼촌 장르네가 죽은 후 만나는 사람이 아무도 없는, 외롭기 짝이 없는 여자일 뿐이다.

　오늘 아침 모니크는 죽고 싶었다. 관리인 여자의 남편이 그녀의 집을 찾아와 벨을 누르고는 이렇게 말했던 것이다. "당신이 내 아내를 함부로 대했다면서요."

모니크는 그 여자에게 고약하게 군 적이 없다. 그저 스스로를 보호하기 위해 퉁명스러운 말투를 쓰는 것뿐이다. 그녀는 얕보일까 봐 상냥한 목소리를 낼 수가 없다. 그래서 오늘 아침 그녀는 그 남자에게 문을 열어주고 이런 소리를 들어야 했던 것이다. "당신이 내 아내를 고약하게 대했다면서요." 모니크가 대답한다. "당신이 무슨 권리로 나한테 이런 말을 하는 거죠? 당신은 이런 말을 할 권리가 전혀 없어요. 당신은 이 건물에서 아무 권리도 없는 사람이라고요." 그런 다음 덜컥 겁이 난 그녀는 그 남자를 문앞에 세워둔 채 문을 닫으면서 이렇게 덧붙인다. 이 건물에서 아무것도 아닌 사람, 관리인의 남편일 뿐인 사람과는 아무 말도 하지 않겠다고, 이곳의 관리인은 당신이 아니라 당신 아내라고.

모니크는 당연히 했어야 할 말을 하지 못한다. 자기 입장을 변호조차 하지 못한다. 그녀가 어떻게 그럴 수 있겠는가? 어떻게 세상에 대고 자신이 누구인지 말할 수 있겠는가?

그러는 대신 그녀는 정신 나간 여자처럼 이렇게 더듬거렸을 뿐이다. 이 건물의 거주민 집에 올라올 이유가 전혀 없는 사람, 일층 관리실에 딸린 공간에 살 뿐 이 건물의 정식 거주자가 아닌 사람—또 집세를 내지 않는 사람—, 이 건물에서 아무것도, 엄밀하게 말해서 아무것도 아닌 존재, 현관을 지나 층계를 올라올 하등의 이유가 없는 사람의 말에는 아무 대답도 하지 않겠다고.

　　그런 다음 그녀는 소파에 몸을 던지고 죽어버렸으면 좋겠다고 생각했다.

당신이 없는 거기에

//

//

//

"당신의 글쓰기가 상대를 위한 것이 아니라는 것을 알기, 이제 내가 쓰려는 것들로 인해 내가 사랑하는 이가 나를 사랑하지 않게 되리라는 것을 알기, 글쓰기가 아무것도 보상해주지 않고, 아무것도 승화시키지 않는다는 것, 글쓰기는 정확히 '당신이 없는 거기에' 있다는 것―이것이 글쓰기의 시작이다―을 알기." 롤랑 바르트의 《사랑의 단상》속에 나오는 구절이다.

이 구절에 대한 긴 명상.

만약 '당신이 없는 거기'가 글쓰기의 위치라면, 거기가 어디인가? 만약 글쓰기가 '당신이 없는 거기'에서 시작한다면, 그 출발은 어디인가? 만약 글쓰기가 당신을 잃은 애도로부터 그 수액을 길어낸다면, 어떤 수액으로 스스로에게 영양을 공급할 것인가? 이 말에 사람들은 즉각 이렇게 물을 것이다. 당신이 없는 그 출발이란 게 도대체 뭐냐고. 어째서 그래야 하느냐고? 무엇으로 시작해야 하느냐고? 당신이 없는 어딘가에서 당신이 없는 또 다른 어딘가로 가는 것이 글쓰기냐고? 만약 당신이 글쓰기의 시작도 끝도 아니라면, 언어를 그 너머로 데려가는 게 무슨 소용이냐고? 만약 언어가 당신의 형상으로부터 해방되는 거라면, 그것들을 회수하는 건 누구냐고? 당신으로부터 풀려날 때마다 언어는 침묵 속에서 쇠퇴하고 어두운 울타리 안에서 해체된다. 대상 없는, 목적 없는 글쓰기의 이 유토피아는 어디에서 연유하는가? 구조 요청조차 하지 않는데 도대체 어디서? 만약 '당신이 거기 있었다면', 나는 글을 쓰지 않았을 것이다.

스물네 살

//

//

//

"그래서 결론이 뭔데? 넌 스물네 살이야." 내가 부드러운 어조로 차분하게 말한다. "넌 스물네 살이고 걱정할 게 아무것도 없어. 스물네 살 때 나는 이미 점포 두 개에 작업실을 갖고 있었지. 스물네 살 때 알렉산더 대왕은 페르시아를 정복했고, 아인슈타인은 상대성 이론에 관한 논문을 쓰고 있었지. 그런데 넌 뭘 하고 있지? 부모 소유의 호텔에서 방 하나를 차지하고 아이들을 위한 일러스트나 그리고 있잖아(나는 단어를 신경 써서 고른다. 평소처럼 그림이라고 말하지 않는다). 너는 고작 네 담뱃값이나 토요일 저녁에 여자애를 라탱 구에 있는 그리스 식당에 데려가는 비용 정도만 벌지. 넌 만족해하는 것 같아. 에펠탑을 기어오르는 판다를 그리면서 만족하는 것 같다고. 선글라스를 쓴 악어를 그리느라 지우개질을 마흔세 차례 하고, 그걸 재미있어하고 흡족해하지. 나 역시 그런 너에게 만족하기를 바라겠지. 나 사뮈엘 J., 세상의 평판에 신경 쓰지 않고, 감상주의 따위는 잊어버리고, 완벽하게 혼자가 되는 걸 감수하면서 내 이름을 정상의 자리까지 밀어올린 내가, 스물네 살이나 먹고서 악어 그림에다 지우개질을 하고 계집애처럼 종이 쪼가리나 갖고 노는 아들놈한테 만족해야 하다니. 그렇게 대충 살지 마. 여자들이란 말이다, 아들아, 네가 라탱 구에서 쫓아다니는 가난뱅이 계집애들 말고 진짜 여자들 말이다. 그런 여자들은 부자를, 강한 남자를, 죽임을 당하기보다는 죽이는 남자를 좋아해. 여자들이 친절한 남자들을 좋아한다고? 아니, 여자들이 좋아하는 건 선의가 아니라 권력이야. 그런데 네 분야의 남자들은 어떻지, 이 딱한 녀석아? 미키 마우스나 그리고, 팔레스타인인들의 운명에 질질 짜는 유형 아니냐? 그런 유형에게 내가 금 쟁반에 탄탄대로를 갖다 바친 거 아니냐고? 내 친구 장이 버클리에서 오디오 엔지니어링 공부를 하는 자기 아들에 대해 하던 말 생각나니? '오디오' 엔지니어라고 말하면서 그가 엔지니어라는 단어만 들리도록 '오디오'라는 단어의 소리를 죽이던 거 기억나느냐고? 그런데 내겐 하다못해 소리 죽여 말할 거리조차 없어. 난 아들 자식 이야기를 하면서 '엔지니어'라는 말을 할 수도 없다고. 두 달쯤 '플루트'라는 말은 해봤지. '물리치료사'라는 말도 해보고. 뭐, 틀린 말은 아니니까. 그리고 '보자르(미술학교 ― 옮긴이)'라는 말도 쓴 적이 있지. 대단한 직업 목록이야. 야망의 격차가 이렇게 크다니, 안 그러냐? 이런, 넌 술을 전혀 마시지 않았구나. 넌 술 안 마시니? 난 너에게 메르퀴레 85 포도주를 마시게 하고 싶은데, 넌 바두아 생수를 더 좋아하지. 여기에서도 실패자의 기미가 엿보여. 내가 죽고 나면, 너는 어떻게 될까? 너 그 점을 생각해봤어? 너 같은 유형의 인간이 그런 종류의 일을 생각할 리가 없지. 말하는 마르모트와 판다의 세계가 나의 죽음과 그렇게 어울린다고는 할 수 없으니까. 내가 죽는 건 네가 감당할 수 있다고 해도 내가 남겨 놓을 사업이랑, 공장이랑, 명성을 어떻게 할래?

　난 네가 즐거워했으면 좋겠다. 질투에 차서 평생 동안 나를 성가시게 하고, 은밀하게 나를 골탕 먹인 베스망, 그 레콜리쉬, 굴롱베르비에 일가는 이제 네 차지야, 아들아, 네가 그들을 처리해야 한다고. 난 그들에게 거인을 물려주는 거지. 중요한 싸움을 할 때 사람들이 바라는 그런 상대를. 숲을 지배하는 독수리를. 결코 스스로를 내세울 필요가 없는 사람을 말이야. 내 아들아."

'파국'

//

//

//

　미셸은 막 이사를 했다. 한 달여 전에 그녀는 다리 아래서 혼자 끝장을 내야겠다고 생각했다.

　내 전화기의 자동 응답기에 다음과 같은 메시지가 녹음되어 있다.

　"맞아. '전 뭐든지 다 해요'라는 말을 달고 사는 그 스리랑카인과 끝장을 냈어. '뭐든지 다 해요'라니, 그걸 말이라고 하다니. 난 아시아인들한테 학을 뗐어."

그 스리랑카인 일꾼은 그녀가 그 3일 전부터 나에게 자랑한 페인트공이다. 그런데 이제 모든 게 잘못되고 있는 것이다.

활기찬 목소리로 미셸은 나에게 '충돌'에 이르기까지 일련의 사건들을 이야기한다.

"맞아, 우리는 영어로 얘기해. 그가 나보다 영어를 더잘해. 나는 널빤지 대신 '피스 오브 우드(나뭇조각)'라고 하거든. 그런데 그의 발음을 알아듣기가 힘들긴 해. 처음에내가 그를 고용한 건 페인트 칠 때문이야. 그런데 방에 벽장을 만들어주기로 한 다른 사람이 틈이 나질 않았어. 그리고 그 스리랑카 사람은 2분마다 '전 뭐든지 다해요'라고읊어대고. 그래서 결국 그 사람에게 말했지. 좋아요. 그럼벽장도 만들어주세요. 목재 주문서와 '킹 데코'와의 열네차례 통화 내역을 드릴게요. 이 상호를 잊지 마세요. 업계의 권위자거든요. 그렇게 벽장이 완성됐어(그 결과가 어떤지 너도 봤겠지만 넘어가자고). 그가 벽장을 만드는 동안, 현관에 가봤더니 어땠는지 알아? 새로 칠한 흰색은 완전히 종적을 감추고, 전에 살던 사람들이 칠해놓은 끔찍한 노란색이 다시 나타났더라고. 내가 키르티에게 따졌지(그의 이름이 키르티야). 이것 좀 보세요. 이것 좀 보라고요! 그가 무어라 대답을 하더라고. 내가 알아듣기로는 새 칠을 하기 전에 안의 칠을 긁어냈어야 했는데 그러지 않아서 그렇다는 거야. 그래서 내가 물었지. 그런데 왜 그러지 않은 겁니까? 왜냐하면 그러라고 지시를 받지 못했으니까요, 라는 대답이 돌아왔어. 하지만 키르티, 이전 칠을 긁어내야 한다는 걸 알았다면 고객에게 그 말을 해야 하잖아요! 그런데 그는 그러지 않았어. 그런 말은 한 마디도 없었다고. 주방에 가보니 거기를 아파트의 나머지 부분처럼 수성 페인트로 칠해놓았더라고. 내가 소리쳤어. 키르티, 주방에 도대체 무슨 짓을 한 건가요! 그가 대답하더군. 걱정 마세요, 걱정 마시라고요. 웃으세요, 웃으세요. 아, 깜박 잊고 말을 안했는데, 어느 날 함께 바크가의 메다유 미라퀼로즈 성당 앞을 지나는 길에 그가 나에게 이러더라고. 난 저 성당에

매주 갑니다. 여기 사람들은 가톨릭교도니까요. 그러니 웃으세요. 그와 함께 있을 때는 언제나 웃어야 한다니까. 그러면서 그는 말하더군. 주방은 다시 칠할 거예요. 그는 주방을 다시 칠했고, 친절하게도 꼭 필요했던 필리프 방의 선반을 달아 주더라고. 오, 키르티, 참 좋네요. 당신은 내 천사예요! 사실 난 그때까지는 그런 대로 만족했어. 일의 진행이 그렇게 나쁘진 않았거든. 그런데 어느 토요일 저녁 거실에서 화분을 손질하고 있었는데, 방에서 천둥 치는 소리가 들려왔어. 새로 만든 그 선반이 책상 위로 떨어진 거야. 그 바람에 모친에게 물려받은 아끼는 1930년대 화병과 스탠드가 깨졌지 뭐야. 일요일에 집에 온 필리프 말에 따르면, 벽의 그 부분이 비어서 나사못을 네 개 박았어야 했는데 세 개밖에 없었고 그래서 하나에 하중이 너무 많이 걸렸다는 거야. 필리프 말이, 다리를 만들었다면 이 사람은 오늘부로 감옥에 갔을 거래. 내가 그 스리랑카인에게 이 모든 걸 이야기하자 그가 뭐랬는지 알아? 마음 가라앉히세요. 그 사람은 내게 미안하다는 말은 한 마디도 하지 않았어. 그 대신 이러는 거야(바로 그때 내가 더이상 참지 못하고 '끝장'을 내기로 한 거야). 날 보세요, 난 부처예요! 이건 딴 얘기지만, 그 사람은 프랑스에 온 지 15년이 되었다면서 프랑스어를 한 마디도 안 해. 내가 쏘아붙였지. 메다유 미라퀼뢰즈 성당에 다닌다면서 이젠 당신이 부처라고요?!! 그리고 불같이 화가 치밀어 올라 당신 때문에 페인트 값을 두 배로 물었다고 말했지. 그 말을 듣자마자 그가 눈물을 쏟으면서 내게 이러는 거야. 전 상처받기 쉬운 성격이에요. 저도 사람이라고요! 내가 그에게 나 역시 사람이라고 했지. 지지해야 할 물건에서 5센티미터 떨어진 위치에 받침대를 달아 논 걸(그게 그 사람이 우리 집 욕실 거울에 해놓은 일이거든) 사람이라면 참을 수 있겠느냐고 말이야. 내가 이렇게 아시아인을 비난하는 걸 넌 참기 어렵겠지. 넌 그들을 많이 고용하니까. 내가 얼마나 그들을 증오하는지 네가 알면 좋겠어. 난 중국에 결코 가지 않을 거야. 잔Jeanne의 베트남인 약혼자는 언제나 미소를 짓는 친절한 사람이지만, 난 그 사람도 신랄하게 비판할 수 있어. 그건 그렇고 이제 전기 일을 좀 해야 하는데, 너 혹시 아는 사람 있니…?"

나는 그녀에게 키 작은 이탈리아인 전기기사를 소개해 줄 수 있을 것 같다고 대답한다.

메아 셰아림

//

//

//

"신은 내가 섬기고자 결정한 하나의 사실이다." 파리 세르방도니 가에서 B.의 탈무드 강의가 열렸을 때, 내 노트를 들여다본 사람은 이런 구절을 읽을 수 있었을 것이다. 또 다른 노트에서 나는 이 심오한 경구를 조금 다른 형태로 다시 발견한다. "법칙 그 자체로서의 신."

함머클라비어

1994년 말 작가협회에서 기획한 여행에 참여한 나는 일행 몇 명과 예루살렘의 정통 구시가지인 메아 셰아림 지역으로 들어간다. 12월 어느 날 거의 밤에 가까운 시각이다. 추운 골목길로 들어서자, 검은 옷을 입은 남자들과 외투로 몸을 감싼 여자들이 어린아이가 탄 유모차를 끌고 어두운 모퉁이를 향해 빠른 걸음으로 걸어간다.

높은 모자를 쓰고 옷 아래 달린 술 장식을 가볍게 흔들면서 서둘러 지나가는 그 남자들을, 춤추는 듯 곱슬곱슬한 머리카락을 한 아이들을, 풍덩한 천을 뒤집어쓰다시피 한 나이든 여자들을 바라보면서 나는 표현할 수 없는 멜랑콜리에 사로잡힌다. 그들의 의식화된 삶 속에는 지독한 선망을 일으키는 무엇인가가 있다. 욕망에 넘치는 바깥세상과의 모든 관계를 단호히 끊고―자신들이 무릎 꿇는 제단을 바로 자신들의 손으로 만들어야 한다는 것을 그들은 안다―, 시간의 주인이자 노예로서 자신들만이 진 명예를 세상에 공표한 사람들, 시간을 자신들 방식대로 재단하는, 내가 알지 못할 곳으로 가는 그 믿음의 사람들은 현재를 유예하지 않는다. 기다림이라는, 우리의 딱한 고통에서 벗어나 있다.

다음 순간, 우리 무리 중 한 여자가 말한다. "맙소사, 저 사람들 꼴 좀 봐! 요즘 같은 시대에 저렇게 산다는 건 정말 끔찍하군!" 텔아비브의 해변을 가득 채운 형광색 수영복의 피서객들, 자동차들이 쏟아내는 반바지 차림의 네덜란드인들이 당신 눈엔 물론 더 나아 보이겠지. 이 시대와 그렇게 잘 어울리는 당신은, 이 경건한 골목길에서 자기 외투 앞섶조차 제대로 여밀 줄 모르나.

치밀어 오르는 분노를 가라앉히기 위해 나는 네온 간판을 켜놓은 상점에 들어가, 잔뜩 쌓인 물건들 가운데에서 나탕에게 줄 키파(유대교 신자의 빵모자)를 고른다. 주인 노인은 의자 끝에 앉아 신문을 읽고 있다. 우리는 거의 말없이 돈과 물건을 주고받는다. 그는 서랍에서 밤색 봉투를 꺼내 내가 고른 키파를 담아주고는 즉각 신문 읽는 일로 돌아간다. 습관은 예외보다 강하다. 나 역시 세르방도니 가에서 노트에 메모를 할 때 그렇지 않았던가.

내적인 연대

//

//

//

모이라와의 저녁 식사. 우리는 무인도에 가게 되면 가져 갈 책 한 권을 고른다. 나와 그녀는 문학적 취향은 종종 다르지만 근본적인 점에서는 언제나 비슷하다. 그래서 우리 둘 다가 무인도에 가져가기로 망설임 없이 고른 책은 마르게리트 유르스나르의 《화관과 리라》이다.

허브가 든 보드카를 마시면서 우리는 그 작품의 몇몇 부분을 인용하고, 운문의 아름다움에 감탄하고, 과거의 고상함에 한숨을 내쉬고, 결론 삼아 이런 말을 거듭 중얼거린다. 신들이 낮은 곳에 있던 시절에는 인간이 지금보다 위에 있었는데.

사실 나는 은밀하게 꿈꾼다, 어떤 미묘한 배려로 시효를 다한 올림포스 산 속에서 나의 길과 모이라의 길이 서로 만나는 것을. 신들의 판타지가 그들이 사라지고 난 후까지도 유효할 수 있을까?

그날 저녁 우리는 새로 산 모자에 대해, 자선에 대해, 남자들에 대해, 머리 색깔에 대해, 아무개, 또 아무개에 대해, 순간의 가치에 대해, 죽음에 대해―오늘 아침 잠에서 깨는데 죽고 나서 매장하는 게 좋을까, 화장하는 게 좋을까 하는 생각이 떠올랐어. 물론 나는 오래전에 선택을 끝내놓았지. 하지만 그 선택을 꼭 고수해야 할 이유가 어디 있겠어? 하고 그녀는 말한다―, 끝없이 떠오르는 경박한 의문들에 대해, 끊임없이 대두되는 우리의 달콤한 의견 차이에 대해 뒤죽박죽 이야기를 나누었다. 우리는 거의 줄곧 웃음을 터뜨렸고, 우리의 지성을 반짝이게 하면서 즐거워했으며, 우리의 지성이 생생하고 날카롭게 빛난다며 우쭐했다. 하지만 우리의 가장 은밀한 일치, 가장 내적인 연대는 그녀가 인용한 이런 구절 속에 있었다. 그녀가 특히 좋아하는 이 구절, 알렉산더 대왕 묘비의 해묵은 음률 속에 있었다.

"여기 애도는 헛되고 찬사는 압도적이다
그는 세 개의 대륙으로 자신의 무덤을 삼는다."

'허공' 경험

//

//

//

다섯 살 무렵 우리 딸 알타는 가까운 사람들, 곧 부모 앞에서 연극을 해야겠다는 생각을 하게 된다.

그 애는 '모든 것'을 준비해놓고 준비가 끝나면 우리를 자기 방으로 불렀다.

우리는 자리에 앉았다. 그 애가 방바닥에 던져놓은 작은 쿠션 위에 세상에서 가장 불편한 자세로 앉은 디디에와 나는, 그 애의 지시에 따라 막이 열리면 손뼉을 쳤다.

얼마 지나지 않아 그 연극에서 준비된 것은 무대뿐이라는 사실이 명백해졌다. 알타는 푹신한 헝겊인형들을 모아 놓고 그것을 좀더 단단한 물건, 그러니까 장난감이나 상자 같은 것들로 대충 둘러싸놓은 무대 위로 모습을 나타냈다. 거기에서 걸음을 멈추고, 뭔가를 생각하는가 싶더니 그 너머가 훤히 보이는 막 뒤로 다시 들어가 바구니를 뒤적거려 머플러나 천 조각을 허리에 두르며 나왔다. 그런 다음 또 다시 생각에 잠겼다가는 마침내 그토록 고대하던 대사를 읊었다. 아무것도 없는 벽들을 향해(줄곧 옆모습만을 보여주면서) 던지는 들릴 듯 말 듯한 그 애의 대사는 별다른 이유 없이 중단되었다. 이어 완벽한 침묵이 흘렀고, 그 속에서 그 애는 전혀 서두르는 기색 없이 무대 장식을 조금 바꾸었다.

이런 연극 장면, 막, 침묵의 숙고, 특이하기 짝이 없는 네오모놀로그, 그리고 헝겊인형들이 만들어내는 변주가 그 연극의 요체다. 이 수수께끼 같은 연극의 한 장면에서

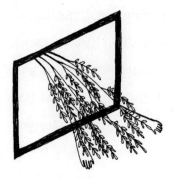

끝나는 기미를 발견하고 디디에나 내가 박수를 치면 우리 딸은 천부당만부당하다는 듯이 소리쳤다. "아냐, 아냐, 아직 끝난 게 아냐."

어느 날 디디에가 내 귀에 속삭였다. "네로 왕이 자기 궁에서 연극을 벌이면서 신하들에게 그걸 몇 시간이고 보게 한 거 당신도 알지."

그리고 그가 덧붙였다. "견디다 못해 창문으로 뛰어내린 사람도 있었어."

로제 블랭

//

//

//

　1970년대 말 나는 국립 연극학교 입학시험에 응시했다. 나를 관찰하며 질문을 던진 심사위원들 가운데에는 전설적인 인물 로제 블랭의 잘생긴 얼굴도 있었다.

　시험을 치른 당일 홀 안에서 많은 사람들이 조바심을 내며 결과를 알리는 무시무시한 쪽지가 벽에 나붙기를 기다리고 있었다. 이윽고 무슨 소리가 나더니 심사위원 몇몇이

층계에 모습을 나타냈다. 로제 블랭이 군중 가운데 누군가를 눈으로 찾고 있었다. 이윽고 그는 내가 있는 구석으로 걸어왔다. 그가 지나갈 수 있도록 내가 몸을 비키는 순간, 그가 내 앞에 걸음을 멈추더니 더듬거리는 어조로 말했다. "…당신은 합격하지 못했습니다. 나는 당신을 지지했지만, 역부족이었어요. 당신이 무척 독특한 모습을 보여주었기에 나로서는 이런 결과가 안타깝습니다." 조금 떨어진 곳에서 누군가 기쁨의 함성을 내지르는 소리가 들려왔다. 쪽지가 막 나붙었던 것이다. 사람들이 서로 이름을 불러대고 몰려들고 떼밀고 있었다. 로제 블랭은 내 앞에 그대로 서 있었다. 사람들이 그에게 말을 걸었지만 그는 자리에서 움직이지 않았다. 그의 말소리가 다시 들린다. "…난 지금 시간이 좀 있습니다. 커피 한잔 할 수 있어요…." 하지만 나는 그의 초대에 아무 대답도 하지 않았다. 다른 사람들이 그에게 다가왔고 나는 그를 거기 세워놓고 있었다. 나는 그를 남겨두고 자리를 떴다. 실망한 사람들을, 환호하는 사람들을, 견디기 힘든 그 홀을, 눈을 파고드는 날카로운 조명 밑을 떠났다. 모든 것을 남겨두고 떠났다.

여러 해가 지난 후 내가 이 이야기를 J.에게 하자 그는 이렇게 말했다. "아, 그래, 우리는 때때로 다가온 기회를 어이없이 놓치곤 하지."

J.가 이런 피상적인 결론을 내리는 동안 나는 문득 깨달았다. 그러니까 여러 해가 지난 다음에야, 로제 블랭의 모습이 영영 사라지고 내가 다른 진로로 접어든 다음에야 한 가지 사실을 깨달은 것이다. 당시 그의 명성이 얼마나 대단했는지, 내가 얼마나 보잘것없는 존재였는지 그때 내가 전혀 몰랐다는 것을. 그때 내 행동이 그의 마음을 아프게 했으리라는 것을.

공간과 공간

//

//

//

나는 과거 어느 날 존재하지 않았고, 미래 어느 날 존재하지 않을 것이다. 세상의 무관심한 이 두 순간 사이 어딘가에서 나는 존재하려 애쓴다. 일정한 방향 없이 계속 동요하는 파동의 형태로.

이 두 부재 사이에서 우리는 걸음이 이끄는 곳으로 나아간다, 세상과 그 공간을 밟고 또 밟는다.

공간과 공간이 있다. 아름다운 장소, 유명한 장소, 몹시 추한 장소 들에 결국 우리는 무심해진다. 그런 장소들은 기껏해야 딱하기 짝이 없는 우리의 문화적인 성향에 호소할 뿐이다. 진짜 공간, 우리를 만들어낸 공간, 기억을 품은 공간은 우리가 자신 너머에 있는 것을 본 그런 장소들이다. 우리의 과도함, 우리 욕망의 두려움과 맹세를 중재하는 곳들이다. 다시 말해서 삶의 전복이 이루어지는 모든 곳 말이다.

선언

//

//

//

그가 문을 열고 내게 말한다. "나는 싸우는 게 좋고, 널 사랑해."

눈부신 선언.

우리가 상대의 수많은 결점에 대해 불평을 늘어놓는 일은 늘 있을 수 있다. 서로의 야만성과 불의를 비난할 수 있

고, 마음을 상하게 하는 욕망과 조급함을 증오할 수 있다. 하지만 우리, 그와 나는 적어도 함께 있는 것이 행복하지 않은 위기를 맞은 적은 없다. 그는 적어도 나의 감각을 무디게 한 적이 없고, 나는 결코 그의 가치를 떨어뜨린 적이 없다.

계속해서 네 길을 가…

//

//

//

알바니아 작가 이스마일 카다레는 《대초원의 신들의 황혼》에서 콘스탄티누스와 도룬티네의 전설을 이야기한다. 그 전설에서 콘스탄티누스는 약속을 지키기 위해 죽은 자들의 땅에서 돌아와 친척 누이를 구한다. 죽은 사내와 산 여자는 같은 말을 타고 달빛을 받으며 어머니의 마을로 간다. 성당 앞에 이른 남자는 말에서 내려 몇 걸음 걸은 다음

무덤의 문을 연 후 누이에게 말한다. "계속해서 네 길을 가, 난 여기 볼 일이 있어."

이야기는 이것으로 끝난다.

나는 그 다음을 상상한다. 철 대문이 닫힌다. 무덤 위의 두터운 어둠. 나뭇잎 속으로 지나가는 바람 소리. 혼자 말 위에 앉아 있는 누이. 말과 사람이 밝아오는 새벽빛을 향해 똑바로 나아간다, 하지만 아무것도 없다. 벌판도, 황금빛 비탈도, 지붕들도, 연기도, 익숙한 바위도, 문 발치의 이웃도, 형제도, 자매도. 깨끗한 옷을 입은 어머니, 맨발로 달려 나와 그녀를 얼싸안는 어머니도, 평범한 세상에서 마음을 가라앉혀주는 어느 것도 그 이후에는 없다.

지나온 오솔길, 나무, 사랑받은 얼굴, 사물은 여전히 거기 있다. 배려, 방의 익숙한 냄새도. 도룬티네는 개의치 않는다. 어둠은 그녀를 지나쳐 새벽 무렵 그녀를 버려두고 간 사람과 한 몸이 된 것이다.

사람들은 종종 내게 묻는다. 희곡 속에서 어떻게 남자로서, 노인으로서, 현재 내가 아니고 앞으로도 내가 될 수 없는 인물로서 이야기할 수 있느냐고. 타인은 나의 고통, 타인은 나의 고독, 세상을 가득 채운 이, 새벽에 나를 낙담시키는 이가 내게는 낯설지 않다. 버림받은 이, 그가 나다. 그가 만나는 모든 버림받은 이들 역시 나다. 나는 콘스탄티누스, 나는 도룬티네. 또한 내가 이름과 단어를 빌려와 만들어낸 모든 인물, 인간의 운명을 따라 운 나쁜 때에 힘겹게 나아가게 만든 모든 인물이다. 또한 나는 그들을 낳은 이름 없는 이들이었고, 그들보다 오래 살아남는 모든 이들이 될 것이다.

목록

//

//

//

　어느 날, 아버지의 병상 앞에서 나는 우리의 대화에 죽음에 대한 것을 끌어들이기로 마음먹는다. 저세상에 가서 누구를 만나고 싶으세요? 아버지는 나에게 짤막한 목록을 불러준다. 생탕투안 호텔의 편지봉투 뒤에 쓰인 그 목록이 오늘 우연히 내 눈에 띈다.

　나는 목록에 쓰인 이름을 순서대로 읽는다. 아브라함,

모세, 욥, 플라톤, 스피노자, 갈릴레이, 마젤란, 뉴턴, 아인슈타인, 모차르트, 베토벤, 바흐, 발레리, 도스토옙스키.

그 조화로운 목록은 나에게 아버지의 인간적 깊이(현실적)나 교양(평균적)이 아니라 아버지의 귀여움을 떠오르게 한다.

베토벤, 모차르트, 바흐의 경우는 이론의 여지가 없다. 슈베르트가 빠진 것은 아마 깜빡 잊어서일 것이다. 아인슈타인은 언제나 아버지의 우상이었다. 내가 처음으로 읽은 위인전이 그의 전기였을 정도다. 슈테판 츠바이크의 전기를 통해 알게 된 마젤란에게 아버지는 실제로 매혹 당했다. 아버지가 도스토옙스키와 발레리와 어울리고 싶어 한다는 것도 놀랄 일이 아니다. 아버지는 실제로 폴 발레리에게 심취했었다. 발레리를 두고 지성의 화신이라고 했고, 나로서는 전혀 이해할 수 없는 〈해변의 묘지〉의 몇몇 구절을 낭송하기도 했다(나중에 어른이 된 후 나는 폴 발레리의 지성에 압도당하려고 필사적으로 노력했다. 〈텔 켈Tel Quel〉의 몇몇 섬광 같은 내용을 감지하긴 했어도 나는 아버지의 경지에는 결코 이를 수 없었다). 아버지가 뉴턴과 갈릴레이를 저세상에서 만나볼 매력적인 인물로 진심으로 여겼다는 것도 인정하자. 아버지는 과학계의 천재들을 몹시 좋아했다. 어쨌거나 그 자신이 교량 기술자가 아니었던가? 하지만 아브라함이라니? 모세라니? 플라톤이라니? 욥이라니? 욥! 욥이 누구인지 알면서 그를 만나고 싶어서 애태울 수 있단 말인가? 그리고 스피노자? 아버지가 스피노자의 글을 한 줄이라도 읽었을까? 아버지는 모세와 스피노자가 하늘나라에서도 사이가 나쁠 것이라고 생각한 건 아닐까? 플라톤을 만나고 싶다는 건 무슨 뜻일까? 겉멋이다. 혹시 이 목록의 내용을 다른 사람들이 알게 될 때, 그리스인이 하나 정도는 있어야 하니까.

플라톤과 스피노자는 아버지가 사람들의 눈을 의식해서 올린 것 같다. 자신의 사후 인간관계 목록을 나에게 읽어주면서 아버지는 무엇보다도 신의 마음에 들고 싶어 한 듯하다. 나를 통해 아버지는 사실 신에게 말하고 있었다. 보시다시피 나는 평생 동안 탈리트(유대교의 하얀 숄—옮긴이)와 테필리네(유대교 남자가 하나는 머리에 올리고 하나는 달린 끈을 팔에 감는 두 개의 작은 검은 상자 - 옮긴이)를 열심히 착용하지도 않았고, 시나고그(유대교회당 - 옮긴이)에도 자주 가지 않았습니다. 불가피한 경우가 아님에도 돼지고기를 먹었고, 아들에게 '바르 미츠바'(유대교에서 남자아이가 13세가 되었을 때 치르는 성인 의례 - 옮긴이)를 받게 하지도 않았습니다. 그렇지만 보십시오, 오 영원하신 존재여, 찬미 받으소서! 제가 영원히 누구랑 친하게 지낼지를요, 아브라함, 모세, 욥….

귀향

//

//

//

　내 어머니는 헝가리 보로스마르티 광장 '제르보' 과자
점 맞은편 건물 4층에 살았다. 부다페스트에서 가장 아름
다운 건물 중 하나란다. 제르보 과자점이라고 하면 헝가
리 사람 중 그곳을 모르는 사람이 없었어, 하고 어머니는
50년 후에 말씀하신다. 1997년 3월 어느 바람 부는 날 우
리는 그 건물을 바라본다. 어머니의 청춘 시절 바람을 막

아주던 창문을. 저기가 내 부모님 방이었단다, 어머니가
말한다. 저기는 겨울용 거실. 우리는 한 층 전체를 썼어.
앙드레의 방과 내 방은 뒤에 있었고, 아빠는 헝가리의 '프
루보스트'[22]였지. 나는 이 길을 따라 학교에 갔어. 에바는
같은 구역이지만 좀 떨어진 곳에 살았지. 여기는 유대인
귀족들이 살던 곳이야. 진짜 귀족들은 부다페스트에 살았
지. 잠시 후 어머니와 나는 바로슬리게트 공원을 산책한
다. 어머니는 이제 그곳을 불로뉴 숲이라고 부른다. 저기
서 나는 스케이트를 탔어, 하고 어머니가 말한다. 우리는
잔뜩 모양을 냈지. 나는 일대에서 가장 예쁜 소녀였기 때
문에 모든 남자애들이 나를 따라다녔어. 앙드레는 내게서
한걸음도 떨어지지 않았지. 어느 날 영화관에서 어떤 남학
생이 내 손을 잡자, 앙드레가 말없이 즉각 그 손을 떼어놓
더군. 다뉴브 강을 따라 뻗은 코르조 강둑 위에서 어머니
는 말한다. 모든 게 너무나도 아름다웠어. 이곳의 봄을 상

---

22 프랑스의 정치인, 언론인, 사업가.

상해보렴. 나무들, 다뉴브 강 위의 햇살, 넌 다뉴브 강이 얼마나 아름다운지 봤지. 우리는 저녁마다, 일요일마다, 축제일마다 산책을 했어. 여자들은 가진 옷 중에서 가장 아름다운 옷을 꺼내 입었지.

우리가 부다페스트에 머무는 이 이틀 동안 어머니는 이런 이야기를 들려준다. 과거 자신의 것이었던 비현실적인 삶에 관한 수많은 비현실적인 것들에 대해. 이제는 버려진 건물의 전면을, 보기 싫은 진열장 앞을, 황폐한 돌 더미 앞을 지나가면서 어머니는 이 모든 이야기를 한다. 스타일이라고는 찾아볼 수 없는 두툼한 외투, 파카, 모자 달린 재킷을 입은 사람들, 반은 시골뜨기고 반은 미국식 차림새로 지나가는 행인 한가운데에서 어머니는 별다른 회오나 감정적 동요 없이 찬란했던 과거에 대한 이런 온갖 이야기를 들려준다. 삶은 어머니를 엄청나게 바꿔놓았다. 어머니는 조국을 바꾸었고, 오래전부터 순간에 충실한 삶을 사는 것으로 스스로를 위로했다. 어머니는 뉴욕에서 화장한 부모의 유골단지가 지금 어디에 있는지조차 모른다. 이번 여행을 주선한 극단이 가난한 형편에 우리에게 제공해준 고약한 호텔의 지저분한 방 안에서도 어머니는 너그럽게도 불쾌해하지 않는다. 빵가루 입힌 닭고기와 헝가리 치즈를 먹으면서 행복해한다. 누군가 어머니에게 어쩌면 그렇게 헝가리어 억양을 잊지 않을 수 있었느냐고 감탄하면 아이처럼 좋아한다. 어머니는 시간이 바뀌놓은 것들로 인해 고통스러워하지 않는다. 조국까지 바꾸었으면서도. 하이힐을 불안정하게 신고 빨간 숄을 두르고 바르Var의 낡은 집들을 따라 유쾌하게 걷는다. 그런 어머니를 보면서 나는, 어머니를 대신해 세상의 모든 우울에 사로잡힌다. 어머니 영혼의 고국이 어디인지 궁금해 하면서.

참을성에 대한 공포

//

//

//

나는 기다릴 줄을 모른다. 나는 현명하게 기다릴 줄을 모른다.

나는 시간 앞에 무릎을 꿇을 수가 없다. 그러고 싶지 않다. 내가 어떻게 행동하든 나는 결국 죽을 것이다. 이 순간 나는 평화롭게 기다릴 수가 없다. 나는 평화를 원하지 않는다. 나는 평화에 대비가 되어 있지 않다. 내 나이는 전쟁의 나이, 나는 전투의 운명을 원한다. 차분함이나 인내, 그런 물러터진 고민에 관심이 없다. 그 무엇도 저절로 되지 않는다. 뭔가를 하고자 한다면, 나는 온힘을 다하고 싶다. 단 한 번뿐일지라도 내 빛이 전장에서 하늘을 갈라놓을 수만 있다면. 어제 마문은 할머니다운 분홍색 니트 차림으로 빌리에 대로에 혼자 쓰러져서는 알아듣기 어려운 어조로 이렇게 중얼거린다. "이제 나에게 무슨 일이 일어나는지 알 수가 없어. 계절도 모르겠고, 집도 모르겠고 아무것도 모르겠어…." 그럴 리가요, 나는 마문의 손을 잡으면서 중얼거렸다. 참을성, 그러니까 덕성으로 치켜올려진 그 타협의 끝에서 기다리는 것은 그런 것이다. 방이고, 분홍색 실내복이고, 육체의 비참함이다. 참을성의 끝에는 저 세상이 있다. 나는 더 나아가고 싶다. 나는 더 길을 잃고 싶다. 나는 내가 그토록 강하게 원하는 것을 가만히 앉아서 기다리기만 할 수 없다. 내가 원하는 그 무엇을 시간 속에서 길들이겠다고 체념할 수가 없다. 그 무엇도 저절로 되지 않는다. 나도 당신의 대열에 합류할 것이다, 마문의 연약한 손에, 가장자리가 서글프게 매트 아래로 접혀 들어간 시트 속 가벼운 깃털 같은 마문의 몸에 입맞춤을 하며 나는 생각했다. 나 역시 당신처럼 될 것이다. 계절도 모르고, 집도 모르고, 도대체 내가 누구인지 모르는 그런 때에 처하게 될 것이다. 신이여, 나로 하여금 좀더 나아가게 하소서, 오늘을 음미하게 하소서. 포기의 쓴맛을 가만히 기다릴 수 없는 나로 하여금.

금지된 것…

//

//

//

유로스타 고속열차를 타고 런던에서 돌아온다.

열차는 우중충한 벽돌집들이 늘어선 길을 따라 달린다.

저기 사는 사람은 누구일까? 벽돌과 굴뚝과 무어라 형언할 수 없는 담장들로 이루어진 저 나지막한 지평선을 매일 아침 바라보며 일어나는 사람은 누구일까?

나는 이내 이런 생각을 잊어버릴 것이다. 그 대신 여행

중에 줄곧 머릿속에 맴돌던 것들에 대한 생각으로 돌아갈 것이다. 왜냐하면 세상은 자기 밖에 있는 것이 아니므로. 자기 밖에 있는 것은 세상의 환영일 뿐 세상이 아니다. 나는 내가 글로 쓸 수 없는 것을, 내가 알려줄 수 없는 그런 것을 생각할 것이다. 나는 그것을 낯설게 만들 재능을 갖고 있지 못한 게 아닐까. 어두운 채로 남아 있어야 하는 영역이 있다. 모호한 것도, 미지의 것도 아닌, 그저 언어의 눈부신 빛만은 닿지 말아야 할 그런 곳이.

아다지오 소스테누토,
삶의 빛나는 순간들을
느리게 한음한음 깊이 누르다

　한때 거의 베토벤만을, 그중에서도 피아노 소나타만을
줄창 듣고 또 들었다. 그즈음에는, 음악이면 충분하다고,
그리고 음악은 베토벤으로 충분하다고 여겼다. 20대말에
서 30대초에 이르는 그 시기에 베토벤은 나의 음악적 우주
였고, 그의 32곡의 피아노 소나타는 위로와 탐색의 한 세
계였다. 비창, 월광, 열정, 세 소나타로 시작해 전곡 녹음

엘피를 번갈아 턴테이블에 올리다가 나중에 보니 작품번호 100번을 넘어가는 곡들만 듣고 있었다. 베토벤은 어떻게 청력을 잃고 나서 이런 곡들을 쓸 수 있었을까? 아니, 청력을 잃고 나서야 이런 곡들을 쓸 수 있었던 건 아닐까? 이 책속에서 레자는 말한다. "자기 밖에 있는 것은 세상의 환영일 뿐 세상이 아니라고." (〈금지된 것〉 중에서)

베토벤 피아노 소나타 29번 B플랫장조 함머클라비어는 연주 시간이 40여분에 이르는 대곡이다. 10여분에 이르는 장엄한 1악장 알레그로에 이어 짧은 스케르쪼로 2악장이 진행되고 이어 20여분에 이르는 소나타 형식의 3악장, 그리고 마지막 악장이 푸가 형식으로 마무리되는 구성이다. 특히 3악장 아다지오 소스테누토 부분에 이르면 속도가 느려져서이기도 하지만 확실히 다른 세계로 들어가는 것 같고, 쇼팽이 반갑게 맞아주는 것 같은 느낌도 든다.

그 매혹적인 3악장을 여지없이 망가뜨리면서, 저승에 가서도 성질을 죽이지 못한 다혈질 베토벤까지 불러내는 이 소설 〈함머클라비어〉는, 이 유한한 지상에서의 모든 의미 있는 순간에 대한 전혀 센티멘털하지 않은 송가다. 얼싸안을 만반의 채비를 하고 다가간 아버지에게 베토벤은 호통 친다. 어떻게 감히 내 작품을 그렇게 끝장낼 수 있느냐고. 죽는 것과 지혜로워지는 게 무슨 상관이냐고(《어떤 꿈》). 함머클라비어는 일그러지고 아버지는 죽어가는데, 내게서는 웃음이 치밀어 오른다. 아버지가 웃는다. 나도 따라 웃는다. 우스워서가 아니라 웃고 있는 아버지 때문에, 아버지가 웃을 수 있다는 사실 때문에(《데스마스크》). 사뮈엘 베케트를 연상시키는 깊이를 숨긴 단순한 문장들로 저자는, 그렇지만 무대가 아니라 문장 속에서만 음미할 수 있는 삶의 얇디얇은 박편들을 천착한다. 지나가는 순간들, 지나가는 문장들, 그러나 기억하리, 느리게, 한 순간 한 순간 깊이 눌러서.

야스미나 레자는 유대계 러시아인 아버지와 헝가리인 바이올리니스트 어머니 사이에서 1959년 파리에서 태어나 파리 10대학 낭테르에서 사회학을, 자크 라꼭Jacques Lacoq 드라마스쿨에서 연극을 공부했다. 희곡 작품 〈아트〉

로 세계적인 명성을 얻었고, 작가로서뿐 아니라 배우, 연출가, 영화감독으로도 활동했다. 이 작품《함머클라비어》는 야스미나 레자가 1997년 소설로는 처음으로 발표한 작품이고, 이후, 삶을 바라보는 좀 다른 시선을 모놀로그 형식으로 풀어내는 소설《비탄》(1999년), 경쾌하고도 깊이 있게 '지금 여기'를 풀어낸《행복해서 행복한 사람들》(2013년) 등을 펴냈다. 아주 짧은 이야기들이 44편 실려 있는 이 작품을 두고〈가디언〉(알프레드 히클링)은 "극장에 가서 앉아 있기엔 너무 바쁜 이들, 긴 책을 읽을 시간이 없는 이들을 위해 레자가 내놓은 소설"이라면서, 이 "아이디어의 파편들을 모아놓은 스케치북이… 장관을 이루는 사소한 낙진들을 형상화하는 방식"에 주목하고, "디너파티의 수다처럼 가볍지만 서늘한 아포리즘이 빛나지 않는 단락을 찾아볼 수 없다"고 평가한다.

연대순으로도 주제별로도 정돈되지 않은 듯이 보이는 이 책에 담긴 44편의 짧은 자전적인 일인칭 시점의 이야기들은, 그렇지만 시간의 무상성과 절대성을 첨예하게 드러내는 내적 구조를 갖고 있다. 늙고 병든 아버지가 종양으로 죽어가고, 젊고 예뻤던 에이전트 친구가 병상에서 시들어가고, 에이즈 진단을 받은 친구가 끝내 꺾이고, 분홍색 니트를 차려입은 어머니가 빌리에 대로를 혼자 걷다가 쓰러진다. 그 사이 사이에 앞니가 몽땅 빠진 채 천상의 웃음을 짓는 딸아이가 있고, 두 살짜리 아들의 먼 미래를 보는 시선이 있다. "앞니 빠진 내 딸 알타의 미소, 심미적인 관점에서 보자면 그보다 더 흉한 미소도 없겠지만, 거기에는 자신의 불완전함에 대한 충실한 자기 봉헌, 지극한 기품이 있다. 그 혼란스러운 영광의 불합리한 광채만큼 덧없는 것, 잉여의 것, 아무것도 아닌 것이 있을까. 그런 유익한 심연을 이 세상에 선사하는 이들은 그 나이의 아이들, 개들, 그리고 치장하지 않은 노인들뿐이다"(《눈부신 미소》). "세월이 흐른 후 누가 알겠는가, 한때 내가 얼마나 충만하게 그 애의 모든 것이었는지. 이게 바로 심술궂은 시간이다. 시간이란 그런 것이다."(《마르타》) 시간과 죽음에 대한 반추를 실존적인 관심으로 연결시키면서, 극도의 무거운 순간들조차 유머로 승화시키는 이 작품의 백미는 놀라운 자기 거리의 확보다. 퐁트나유 묘지에 친구 마르타가 묻히는 날 저자는 이렇게 변명하는 자신의 모습을 본다. "꽃 한 송이 없이 빈손으로 온 걸 용서해. 근데 우리 관계는 현재를 초월하는 거잖아. 천만에. 우리는 현재를 초월해 있는 게 아냐. 네가 작은 꽃다발을 가져왔다면 난 기뻤을 거야."(〈현재를 초월해〉)

그렇게 흘러가는 시간이 있다. 그리고 죽어야 할 우리의 운명이 있다. 〈렉스프레스〉는 이 작품을 두고 "지나가는 시간의 끈덕진 존재감, 더이상 존재하지 않을 것의 흔적을 포착하기 위한 필사적인 노력, 그것을 붙잡으려는, 망각과 무심과 죽음 속으로 추락하는 것을 막으려는 노력의 산물,"이라고 적절히 지적한다. 그러나 또한 이 시간은 우리가 살아내야 할, 온 힘을 다해 그 속에서 살아남아야 할 것이기도 하다. 병상의 마르타를 보러간 저자에게 친구는 말한다. "나를 만나러 오면서 당신은 어떻게 그렇게 젊음이 넘치는 자리를 드러낼 수가 있지? 내 다리 역시 젊음이 넘치던 때가 있었지. 이제는 존재하지 않는 아름다운 나라, 그런 게 시간이지. 심술궂은 시간."(〈마르타〉) 논리적으로, 이성적인 시각으로는 도저히 견뎌낼 수 없는 순간들. "마르타는 펠릭스가 정말이지 박식한 사람이라고 말하곤 했는데, 그런 펠릭스가 언젠가 내게 이렇게 말한 적이 있다. 만약 내가 사태를 비이성적으로 낙관한 순간들이 없었다면 이렇게 살아남지 못했을 거예요."(〈비이성적인 낙관의 순간들〉)

"나는 과거 어느 날 존재하지 않았고, 미래 어느 날 존재하지 않을 것이다. 세상의 무관심한 이 두 순간 사이 어딘가에서 나는 존재하려 애쓴다. 일정한 방향 없이 계속 존재하는 파동의 형태로."(〈공간과 공간〉) "나는 시간 앞에 무릎을 꿇을 수가 없다. 그러고 싶지 않다. 내가 어떻게 행동하든 나는 결국 죽을 것이다. 나는 온힘을 다하고 싶다. 단 한 번뿐일지라도 내 빛이 전장에서 하늘을 갈라놓을 수만 있다면. 나는 더 나아가고 싶다. 나는 더 길을 잃고 싶다."(〈참을성에 대한 공포〉)

베토벤의 빛이 그 한때 전장에서 내 하늘을 갈라놓았다는 걸 나는 이 책을 번역하며 오랜만에 기억했다. 그때 그 세계가 나로 하여금 스스로를 잃을 수 있도록, 그 시간을 견딜 수 있도록 해주었다는 것을.

— 김남주

함머클라비어

함머클라비어

첫판 1쇄 펴낸날 2016년 7월 6일

지은이 야스미나 레자
옮긴이 김남주
펴낸이 박남희

종이 화인페이퍼
인쇄·제본 한영문화사

펴낸곳 (주)뮤진트리
출판등록 2007년 11월 28일 제318-2007-000130호
주소 서울시 마포구 토정로 135 (상수동) M빌딩
전화 (02)2676-7117 팩스 | (02)2676-5261
전자우편 geist6@hanmail.net
홈페이지 www.mujintree.com

© 뮤진트리, 2016

ISBN 978-89-94015-95-8 03860